集英社オレンジ文庫

きみが逝くのをここで待ってる

～札駅西口、カラオケあまや～

乃村波緒

JN259079

本書は書き下ろしです。

CONTENTS

イラスト／睦月ムンク

きみが
逝くのを
ここで待ってる
札駅西口、カラオケあまや

序章

（ああ、やっぱり）

佐《さ》久《く》和仁《かずひと》は、表情には出さず、内心でそう思った。

店に近づいた時から、なんとなく変な雰囲気だと思ったのだ。サークルの新歓につかまって連れてこられた、札幌《さっぽろ》駅の西側——大通りを外れた、妙に人気《ひとけ》が無い一角。そこにある小さなビルの二階と三階で営業しているカラオケ店。三階のパーティールームで繰り広げられる大騒ぎから逃れて二階に下り、開けたトイレのスライドドア。

そこにごろりと、生首が転がっていた。

和仁は努めて目を合わせず、トイレの中に入った。ビルの規模に見合った、とても狭いトイレだ。小便器ひとつと個室がひとつ、手洗い台がひとつ。用を足して手を洗っていても、いやでもそれが目に入る。それは男で、刈り込んだ黒髪とはっきりした目鼻は、生前であればさぞ女性たちの目に好ましく映っただろう。問題は、口の端から血が垂れていて、眼球が今にも白目をむきそうにぶるぶるしていることだ。

和仁はそれを、いつも視《み》えてしまった時そうするように、無視した。濡《ぬ》れた手を振って雫《しずく》を払いながら、さっさとここから出ようとドアへ向き直る。首がごろりと転がって、和仁の進路を塞《ふさ》いだ。和仁はそれでも、生首に目線を向けることなく、ドアへ手を伸ばした。生首は、またぐしかない。右足を生首の向こう側に着地させてから、いざ、トイレのドアに手をかける。

だが力を込める前に、ドアはがらりと横に滑った。

「あ、お客様。失礼しました」

外からドアを開けたのは、若い男だった。ダークブラウンの髪に、細いフレームの眼鏡をかけている。和仁の姿をみとめて反射的にニコリと笑みを作るその顔には、つくりの良さもあいまって、接客向きの愛嬌《あいきよう》があった。黒のポロシャツに黒のズボン。アルコール製剤をポケットに引っ掛けているところを見るに、トイレ清掃に来たのだろう。今はエプロンをしていないが、和仁たちの受付をした店員だ、とすぐにわかった。歳《とし》は和仁の少し上くらいに見えるのに、エプロンに付けた名札に「店長」と書かれていたから、印象に残っている。苗字《みようじ》は確か、ハナミヤ、だったか。

「あ、いえ」

和仁は軽く会釈《えしやく》してから、左足が少しも触れないように気を付けて、慎重に生首をまたぎ越した。傍目《はため》には多少不自然な動きだっただろうが、仕方ない。見咎《みとが》められるほどではないだろう――そう思ったのだが。

ハナミヤが、眼鏡の奥の目を二度瞬《まばた》かせた。

「お客様、もしかして、視えてます？」

ソレ、と、ハナミヤが生首を指さす。和仁は驚いて、つい素直に頷《うなず》いてしまった。

「……ええ、まあ」

「それは、失礼しました。彼はちょっと、脱走常習犯なもので」

ハナミヤはニコニコと話す。童顔気味の整った顔立ちで、相手の毒気を抜くような表情だが、和仁は少し警戒を強めた。生首がトイレに転がっているカラオケ店もどうかと思うが、自店に生首が転がっていることを知りながらニコニコ笑う店長は、もっとどうかと思う。

「おう、佐久くん。早く戻ってこいよ」

狭い通路の角から、上級生が現れた。ハナミヤが壁に背を付けるようにして道をあける。上級生は和仁とすれ違い、トイレに入る。あわや蹴り飛ばすかと思ったが、上級生の足は生首をすり抜け、何事もなく小便器へ辿《たど》り着いた。

他人の排泄《はいせつ》音を聞く必要もない。和仁とハナミヤは何となく目を合わせて、一緒に歩き出す。階段に着いたところで、ハナミヤが口を開いた。

「ぶしつけですが、お客様、大学生ですよね」

「……はい」

上階の物音が階段を通って伝わってくる。ドアの開閉の度に、大音量で鳴らされる数年前の流行曲が漏れていた。階段は非常階段も兼ねていて、外に直通しているから、向かいの喫茶店にまで聞こえているのではないかと、和仁は要らぬ懸念を抱いた。

「サークル、忙しいです？」

「いや、今日は新歓につかまって……タダ飯目当てでついてったら、ここまで連れてこられました」

「一年生ですか。入学おめでとうございます」

「どうも」

気の進まない世間話を振られ、和仁は適当に相槌《あいづち》を打つ。

「じゃああのサークル、入らないんですか？」

「はあ、多分、入らないかな……」

「そうですか。では」

ハナミヤは眼鏡を外してから、和仁をじっと見つめた。その瞳の色に、和仁はたじろいだ。黒と青の水彩絵の具を水で薄めたような、不思議でつめたい色をしていた。

「ここで、バイトしてみませんか？」

言って、ハナミヤはニコリと笑う。唐突な申し出に、和仁は二度呼吸を呑《の》んだ。

「……、は？」

「アレが視えるきみなら、もうわかってると思うけど。ここは普通のカラオケ屋じゃないんだ」

そう言ったハナミヤは、すぐ近くのルームのドアの取っ手を握った。押し開けて、中を和仁に示す。

「ほら、一見なんてことないカラオケ屋だけど」

確かに、ごく普通のカラオケルームの内装だ。通路の明るい照明と対比するように薄暗く、壁に取り付けたモニターは、アーティストやレコード会社のCMを垂れ流し続けている。その下のラックに収まる機器とマイク。四角いテーブルと、四角いソファ。

ハナミヤはルームには入らず、手だけを突っ込んだ。よくわからない指の動きのあと、和仁は、ハナミヤの指先に、白いもやが巻き付くのを視た。

白いもやだと、そう思ったものはすぐに五本の指になった。

和仁はつい息を詰める。その間にも、もやはどんどんと薄暗いルームの中で凝《こご》って、末端から浮き上がるように、やがて一人の人間のかたちになった。

人間のかたちをしたソレが、生きているものではないことは明白だ。頸《くび》には縄が巻き付き、顔の部分はコンクリートのような色をして、青い肉の塊《かたまり》――おそらく舌を、口からだらりと垂らしているのだから。

和仁はゆっくりと、瞬きと呼吸をして、それを眺めた。

おどろおどろしい、という感想はある。気味が悪い、正視に耐えない、とも思う。さっきの、トイレの生首だってそうだった。

けれど、これらを「怖い」とは――和仁にはどうしても、思えないのだった。

ハナミヤは、少しの間手をそのままにして、じっと和仁を見つめていた。やがてふっと手をソレから抜いて、再び何やら指を動かすと、ソレは末端からもやに戻っていき、ルームの薄闇《うすやみ》に掻《か》き消えた。

「とまあ、こんな具合で」

ハナミヤが言う。

「ここは、こういうモノをたくさん抱えている。そういう店なんだ。だから働くスタッフも、できればそういう適性を持っている人がいい。今見た限り、きみは適性じゅうぶんだ。……じゅうぶんすぎる気も、するけど」

和仁は、ハナミヤの顔からニコニコとしたあの笑みが消えていることに気が付いた。接客スイッチを切ったような、そっけない表情で、けれど声は決して冷淡ではなかった。

「シフトの融通も利くし、札駅《さつえき》周辺では、割と高時給だってことを約束する――まあ、すすきのには負けるけど。ここで働くことは、きみにとって決してマイナスじゃない」

階段の下から風が吹きあがってきた。

四月も終わりの夜は、月がぼやけるくらい湿っていた。屋内に吹き込む風もなまぬるい温度を含んでいる。無形の舌に舐《な》められたような感覚に、和仁は少しだけ身震いした。

ハナミヤも、風に髪を遊ばれながら、不思議な色をした目を眇《すが》めた。

「おれは、花宮《はなみや》。ここの店長。働いてもいいなと思ったら、店に電話して」

「あ、店員さん、上の階のコーラ、切れたんですけどー」

ふいに階段から呼びかけられ、花宮は素早く眼鏡をかけると、踊り場に顔を出した学生に向かってニッコリ笑った。

「あ、すみません！　教えていただいてありがとうございますー、すぐ補充しますんで。下の機械使っていただいていいですか？」

花宮が階段を上がっていく。それに続こうとして、和仁はふと、花宮がドアを開けたルームに目をやった。

薄暗いルームに溶け消えたアレは、まだいるのだろうか。そっと覗《のぞ》いたが、何も見えなかった。まあ、そうだろうとは思った。

ああいうものたちが、あんなにはっきりと本来の人型をとれる時間は、そう長くない。

（……わかってたけど、じゃあ、お前は）

和仁は目を伏せた。

（いつもおれの傍《そば》にいて、あの日の姿のままで立っている、お前は、よほどおれを――）

和仁は一度強く目をつぶってから、ゆっくりと開ける。

和仁を取り巻く景色は、さっきまでと何も変わらない。並ぶルームのドア、通路の強い照明を照り返すリノリウムの床、階下と階上へ伸びる階段、漏れ聞こえる賑《にぎ》やかな音楽、
和仁の視界に入り込む、土色の皮膚《ひふ》をした男。

眼窩《がんか》に眼球は無く、どろりとした闇が凝っている。肌は、土色のわりにハリがあってきちんと骨にくっついているけれど、男が纏《まと》うシャツの黒い模様は、噴き出した血が乾いたものだと、和仁は知っている。和仁はこの男の生前の姿も、声も、知っている。

そして、こうなってしまった男は、ずっと和仁に憑《つ》いてまわっているけれど――その手が、和仁を傷つけることはできないということも、知っていた。何年も和仁の傍にあり続けながら、それほどの怨《うら》みを抱えてもなお、これは和仁に害をなさなかった。きっと、なせないのだ。

もしもなせるのなら、この男は、和仁のことなんて、一瞬で縊《くび》り殺すだろう。

「……そんなものだよ、お前たちなんて」

和仁は口の中で呟《つぶや》いて、階段を上り始めた。

普通の人には見えない、幽《かす》かなモノたち。和仁の目に映るそれらは、きっと何かを怨んで、執着《しゅうちゃく》して、この世に留まっている。それでも、生きている人間を殺せない。人が「霊」と呼ぶその存在は、あまりに幽かで、あまりに無力だ。

耳元で空気がこすれる音がした。ぬるい温度をともなったそれは、何かの吐息のようにも思えたけれど、和仁は風だ、と判断して、目をやることもなく階段を上り続けた。


閉店十五分前です、退室のご準備を――そのコールでルームを追い出された和仁たちは、二十三時手前で店を出た。上級生とのラインの交換をやんわり断って、札幌駅へと向かう集団から離れ、北へ足を向けた。独り暮らしのアパートは、ここから歩いて帰れる距離だ。

ふと足を止めた和仁は、今出てきたビルを振り仰ぐ。

四階建ての小さなビルだ。一階には何かの事務所が入っていて、四階の窓にはブラインドが下ろされている。二階と三階には、煌々《こうこう》と明かりが灯《とも》っている。だが、出ている看板のネオンは、二十三時を回ると同時にふっと消えた。

さっきまでぎらぎらと光っていた看板には――【カラオケ　あまや】と、書かれている。

和仁は、闇の中にまぎれた文字をじっと見つめてから、背を向けて歩き出した。

一章

和仁《かずひと》の目が、普通の人と違うものを映すようになったのは、中学三年生の頃だった。ある日を境に、景色に異物が混ざりこむようになった。

その異物は、黒かったり白かったり灰色だったりする。電柱に絡みついていたり、アスファルトから突き出すように生えていたり、崩れた人型だったりもや状だったり、結構バリエーションに富んでいる。

最初は、町中《まちなか》で視《み》える度に身構えた。だが今は和仁にとって、それらは景色の一部だ。どれだけこの世に留まろうと、たいてい女子高生のお喋《しゃべ》りや、小学生の駆け足で輪郭《りんかく》を崩すほど、幽《かす》かで無力だから。

札幌《さっぽろ》駅に近づくにつれて、景色に走るノイズのようなものが増えていくけれど、和仁はそれらをまるごと無視して、腕時計を気にしていた。

(ちょっと、時間ぎりぎりか?)

五月の連休が明けて間もない平日の昼過ぎ。アルバイト申し込みの電話をした際に伝えられた日時に、和仁は再びあまやを訪れ——るのではなく、駅前の大型店、カラオケヘブンに向かっていた。

電話口の説明で伝えられたのは、あまやはヘブンの系列店なので、面接等はヘブン店舗で行う云々《うんぬん》。言われるがままに、約束の時間五分前に、エレベーターで二階受付に滑りこむ。すると、愛想の良い中年女性に、受付近くの空きルームへと案内された。

ルームの照明はすでに点《つ》いていた。トートバッグを置いて、和仁はソファに腰かける。モニターに映る、テンションの高いアーティストの声を聞きながら、和仁は少しだけ深く息を吸った。バッグの中には学生証と履歴書が入っている。

和仁は、バイトの面接というものが初めてだった。一応進学校だった高校では、アルバイトは原則禁止だったのだ。人並みの緊張を感じながら、和仁はモニターを眺める。

三分と待たず、ドアがノックされた。

「どうも、失礼しますー」

ニコニコとドアを開けたのは、あの童顔店長の花宮《はなみや》だった。一応立ち上がり会釈《えしやく》をすると、花宮は和仁の顔をみとめ、ああ、と軽く頷《うなず》いた。

「佐久《さく》和仁くん。きみだったんだ。来てくれてありがとう」

座って、と和仁に促《うなが》し、花宮はテーブルを挟んだ向かいに腰を下ろした。片手に持っていたファイルや手帳をテーブルに放ると、眼鏡を外し、花宮は「採用」と宣言した。

「は?」

「採用。来てくれてありがとう。あまやはほんとに、まじで、適性のある人を求めてる。きみに面接なんか要らない。採用。ありがとう」

早々に接客スイッチを切ったらしい。「あ、でも履歴書はちょうだい」と手を出され、和仁は緊張して損したと、少々拗《す》ねながら花宮に書類を渡した。

「お、国立大。文学部、何するの?」

「……英文学やります」

「英語好きなの、いいね。外国人の接客もできる。ほんと最高」

花宮はクリアファイルに履歴書を挟んでから、さて、と向き直った。

「改めて——おれはあまやの店長。花宮コノヤ。あ、一応名刺。スマホの番号載せてるから、使って」

差し出された名刺はごくシンプルで、役職と連絡先、中央に「花宮木乃也《このや》」と書かれていた。

「大学、もう時間割とかは決まってる?」

「はい」

「じゃあ週何回とか、何曜日とか、大体でいいからシフトの相談に入りたいんだけど。学生なら昼は無理だよね。基本は夜番でいいのかな？　十八時からとか、どう？」

「あ、火曜日は五限まであるので、六時は無理です。七時からなら」

「ああ、あまやは火曜水曜は休みなんだ。完全週休二日制カラオケ」

和仁はへえ、と瞬《まばた》きをした。和仁の実家は地方の田舎《いなか》だが、それでもカラオケ店は毎日営業していた。札幌なのに、休むカラオケなんてあるんだな、と感心する。

花宮は和仁の表情からその気持ちを読み取ったか、ぽりぽりと頭を掻《か》いた。

「その辺の説明も、あまやでやるから。研修で。面接だけはヘブンでやらなくちゃいけないことになってて、こっちに来てもらったんだ。でも、ここにあまり長居したくないんだよね。今日はほんとに、簡単なことだけ」

それから花宮は、テーブルから手帳を持ち上げた。ぱらぱらとめくって、今月のカレンダーを示す。

「出たい曜日とか、教えてもらえる？　ちなみに、週末の夜は、基本出てもらえるとすごくありがたい」

「ええと——じゃあ、月曜、金曜、土曜は出るようにします。木曜と日曜は、その時考えます」

「わかった。じゃあシフトは、木日に入れないようにするから。初出勤は、来週の月曜日でいい？　暫定《ざんてい》シフトもその時渡す」

「わかりました」

「じゃあ次は月曜日、あまやで。十八時からの出勤にしておくけど、五分前までに受付に来て」

それから時給の確認、初日の持ち物等の伝達をして、「じゃあそういうことで」と花宮が話をたたみ、和仁の初面接は十五分足らずで終わった。花宮は手帳とファイルをまとめてから、眼鏡をかけた。

「今日は笹井《ささい》店長がいるから、真面目《まじめ》に見送りしないと」

言ってドアを開け、先に和仁を促す。

ルームを出ると、受付にはさっきとは違う男性店員が立っていた。スポーツでもしていそうながっしりとした体格だが、顔の肌荒れがひどかった。和仁を見て、ニコリと笑顔になる。笑顔を「作った」ということが一目でわかるような、見事な作り笑いだった。

「ああ、面接の子？」

すぐ後ろについてきていた花宮が、さっと前に出た。

「笹井店長、採用決めました。佐久くんです。これからよろしくお願いします」

「よろしくお願いします」

花宮に続いてぺこりと頭を下げる。頭上から、店長のべとついた声が降ってくる。

「なんであまやにしちゃったの？　うちにしとけばよかったのに。規模も大きいし、スタッフに美人な女のコがいっぱいいるよ」

軽い口調だが、裏にたっぷり悪意がある気がする。それに——頭を上げた和仁の目には、その肩に乗っかっている真っ黒な手が、視えていた。手の持ち主の姿は視えず、手だけがあった。笹井の肩に力無く乗せられているだけだが、時折指の部分が強張《こわば》って、まるで無念に震えるように、その肩を引っ掻いている。受付の強い照明の下で、それだけがこの世に空いた穴のように黒い。勿論《もちろん》笹井が着る蛍光《けいこう》イエローのポロシャツに皺《しわ》が寄ることはないし、笹井も気付いている様子は見せない。反応に困って無言でいると、笹井は肩をすくめた。

「まあ、採用おめでとう。花宮は頼りないところもあるが、頑張って」

「ありがとうございます。頑張ります」

様子を見守っていた花宮が、区切りを見てニッコリと会釈する。

「じゃあ僕、見送りしてきます」

「ああ。書類の確認をするから、すぐ事務所に来るように」

「ハイ！　かしこまりました」

言いながら花宮はぐいぐいと和仁の背中を押し、自動ドアの前まで押しやった。その途中、「視えた？」と低く呟《つぶや》いた。

「笹井、ずっとあれをくっつけてる。視えるこっちはたまったもんじゃない」

確かに、と和仁は思う。和仁が、普段普通に暮らせるのは、目に映るもやや霊を、自分と無関係な景色の一部として処理することができるからだ。面と向かって、死んでもなお残る誰かの強い感情を見せつけられるとなると、しんどい。

「じゃあ佐久くん、月曜日から、よろしくお願いします！」

笹井に背を向けて、和仁を見送るために声を張った花宮は、表情は接客スイッチを切り声だけは高いテンションを保つという、器用な技を披露した。

花宮に会釈してから、和仁はカラオケヘブンを出た。振り向くと、駅前の大通りに面した大きなビルの、フロアを半分も占拠しているカラオケヘブンを確認できる。あまやとはひどい差だ。系列店だというが、言われなければ誰もわからないだろう。

駅のほうへ向かって歩きながら、和仁は静かに深く息を吐いた。

バイトを申し込んだのは、実家からの仕送りが無いため、早々にバイトをする必要があったからだ。履修登録に追われて後回しにしているうちに、花宮に声をかけられ、それに乗っかった。

けれどそのバイト先は、トイレに生首の霊が転がっているような職場だ。付け加えるなら、店長の上司には明らかに怨《うら》みを抱いた霊が憑《つ》いている。

ゆらり、と視界の端で土色の肌がゆらめく。

本当に、これでよかったのだろうか、という思いが頭をもたげた。

札幌には地元の知り合いは一人もいない。引っ越しと同時にスマホを変え、もう誰からも連絡がつかないようにした。これからの四年間も、浅い付き合いだけを続けるつもりだった。それなのに、新生活の開始早々、なんだか濃い環境に自《みずか》ら突っ込んでいった気がする。

駄目だ、と思った。

花宮は仕方がない――和仁が、普通は見えないものを視ることができるとばれてしまった。というか、同じように視ることができる同類だった。だから花宮は仕方がないとして、これ以上は駄目だ。バイト先では極力目立たずにいよう。当たり障《さわ》りなく、必要以上に関わらず、そうやって、生きていくのだ。これからも。

そうじゃないと――あの、土色の男、が。

和仁は駅前の交差点で立ち止まった。信号が赤から青に変わり、人波が動き出しても、たっぷり三秒はそのまま、車道へ目を走らせた。

間違っても暴走車が突っ込んでくるようなことがないことを確認してから、それでもゆっくりと、歩き出す。

その後ろに、聞こえるはずのない、土色の男の足音を聞きながら。

□

月曜日はすぐにやってきた。

和仁は自分を落ち着かせつつ、人生初出勤ということでそれなりに緊張を感じながら、あまやを訪れたのだが。

「ここは、京都を拠点にする花宮一族が試験的に運営している対都市霊鎮魂《ちんこん》施設です」

「は、……、……?」

一単語も理解できず、和仁は一度、二度、と首を傾《かし》げた。心底意味がわからないと、人間は本当に首を傾げるんだなあと、要らない気付きを得た。

あまやの空きルーム、テーブルを挟んで和仁と向かい合い、モニター音声をBGMに意味不明なことを告げたのは、花宮ではなかった。

約束通りの時間に訪れた和仁に貸与の制服と靴を与え、黒のポロシャツとズボンに着替えさせた花宮は、しかし直後に鳴った電話のために和仁に説明を始めることができなかった。電話をとりながら、彼はその時厨房《ちゆうぼう》にいた一人の女性スタッフにバインダーを押し付け、和仁と共に空きルームに押し込んだのだった。

その、若い女性スタッフ——肩のあたりまで伸びているだろうまっすぐな黒髪を、飾り気なく首の後ろで結っている。肌は白く、目の形も鼻の形も綺麗《きれい》だ。薄い唇も、赤色を差せばさぞ映《は》えるだろうと思わせるのに、化粧は最低限しかしていないようで、赤みの無い顔は不健康な印象を与えてくる。和仁は名札に目を走らせた。アマミヤ、とある。

和仁の視線に気が付いたスタッフが、あ、ごめんなさい、と漏らした。

「わたしは雨宮《あまみや》です。よろしくお願いします」

「あ、どうも——佐久です。よろしくお願いします」

互いにぺこりと頭を下げる。雨宮は、自己紹介も何もかもをすっ飛ばして、ソファに腰かけるやいなや、先の意味不明な一文を述べたのだった。

「すみません、さっきのもう一回言ってもらえます？」

和仁はボールペンとメモ帳を持つ。だが、もう一度言われても、書き留める自信が無かった。

（タイトシ、なんだって？）

雨宮はわずかに肩をすくめて、照れ隠しのような誤魔化しのような、曖昧《あいまい》な笑みを浮かべた。

「ごめんなさい。この説明をするの久しぶりで、緊張しちゃって」

和仁に向かってもう一度頭を下げてから、雨宮は手に持ったバインダーを和仁に示した。

「ええと——見てもらったほうがいいのかな。つまり、こうです」

雨宮の指先がなぞるのは、挟まれている紙のタイトル部分だ。「都市霊鎮魂のための実験施設としての『カラオケ　あまや』運営」。

「実験施設?」

「ええと。まず、いったん、メモは取らなくていいので、聞いてもらえますか?」

雨宮の言葉に、和仁はひとまずペンを置いて頷いた。雨宮はゆっくりと言った。

「店長から聞いたところだと、佐久くんも『視える』人ってことだから、わかると思うけど……この世には霊がいます」

霊がいます、と言った瞬間、雨宮の表情がわずかに強張ったような気がした。けれどそれは一瞬のことで、雨宮は淡々《たんたん》と説明を続ける。

「ただの霊は、すぐに風に溶けたり、空に還《かえ》ったりするけど。何か、強い念を残した霊——執着《しゅうちゃく》だったり、後悔だったり、怨みだったり、特に負の思いを抱えたまま死んだ人の霊は、死後もこの世に留まってしまって、澱《よど》みます。でも、全部が全部じゃない。あまりに強い気持ちだったり、時期が悪かったりした霊。これが、一般的に幽霊とか言われているものです。心霊写真とか、ポルターガイストとか、そういうアレ」

時折バインダーに目を落として、雨宮は説明を続ける。

「京都の花宮一族、これは、いわゆる霊能一族です。護《まも》り、呪い、祝福、すべてにおいて最高の技術がある。裏の世界で知らない人はいない、由緒正しい一族……その花宮一族の、主な仕事のひとつが、怨霊鎮《おんりょうしず》めです」

教科書を読み上げられている気分だが、内容がファンタジー小説だ。和仁は真面目に頷けばいいのか、笑えばいいのか、よくわからないまま曖昧な表情で相槌《あいづち》を打つ。

「その怨霊鎮めの仕事が、本家分家でも追いつけないくらい多くなって、対処のために考案され、去年運営を始めたのが、この施設です」

意味がわからん。和仁が心の中で呟いたところで、ルームのドアがノックされた。

「はー、ごめんごめん。清佳《せいか》、ありがと」

ドアを開けるなり眼鏡を外した花宮は、雨宮の隣にどっかと腰かける。

「お疲れ様です、店長」

「うん。どこまでいった?」

「花宮家の仕事と、あまやができたいきさつまで」

「まだ序盤か。よかった」

親し気な二人の様子に、和仁は少し戸惑った。それに、さっき花宮は雨宮のことを、下の名前で呼んでいた。なんとなく、居心地が悪い。

「厨房戻っていいよ」と、雨宮を送り出したあと、和仁の顔色を読んで、花宮があぁ、と頷いた。

「清佳の家は、花宮家の親戚っていうか、分家のひとつっていうか……その繋《つな》がりで、知った仲なんだ。それだけ」

雨宮からバインダーを受け取った花宮だが、それに目を落とすことなく、和仁に向かって話を続けた。

「とりあえず、理解はしなくていいから、説明だけさせて。誰もが手軽に誰かを怨めるようになって、怨霊鎮めの仕事は馬鹿《ばか》みたいに増えてる。深刻な人手不足なんだ。だから、丁寧にお鎮め申し上げるんじゃなくて、もう、生きてる人たちのエネルギーに任せる。それがあまやの発想」

花宮は、和仁の後ろの壁を指さした。目を向けると、そこには客向けの注意書きポスターが貼《は》ってある。一気飲みの禁止とか、過度な騒音の禁止とか、そういう内容だった。

「ああいう行為は死者にはできない。生者の特権だ。だからそれを、霊たちに見せつける。カラオケでバカ騒ぎする生者どものはちゃめちゃなエネルギーにあてれば、本来幽かなものである霊たちは少しずつ消滅する。あとは、祈りというか、霊を慰《なぐさ》める手段として歌が機能する。上手《うま》かろうが下手だろうがとりあえず、霊たちに歌を浴びせる。そうやって少しずつ、霊たちの執着とか怨みを擦《こす》り減らせて、まあ俗にいう『成仏《じょうぶつ》』を迎えさせる。ここは、そういう施設だ」

そこまで一気に言い切ってから、花宮はハイ、とバインダーを差し出してきた。見れば最後の部分に、空欄がある。

「これ、説明を受けたらサイン貰《もら》うようになってるんだ。サインお願いします」

言われるがままに名前を記す。その間に花宮は次の説明を始めていた。

「花宮一族は裏の有力者だけど、表の顔として、企業の面もある。株式会社フラワーグループ、聞いたことない？」

「あー、あります。ゲーセンとかの」

「そうそう。そのフラワーグループが運営するカラオケチェーンが、カラオケヘブン」

「あ、なるほど」

そこまで言われればピンとくる。企業として運営していたカラオケ店だが、その設備やノウハウを裏の仕事にも使おうということなのだろう。だからあまやはヘブンの系列店だし、採用に関することは、一応ヘブンを通しているのだ。

「あまやは実験施設だけど、カラオケ営業をしなきゃ始まらないから、あまやの仕事はふたつ。カラオケ店舗の運営と、ここにいる霊たちの管理。普通の人にはカラオケ運営にだけ関わってもらってる。勿論裏のことは何も知らない。うちの一族の関係者とか、ちょっと特別な子とかには、裏のほうも手伝ってもらう。その分給料は上乗せされるよ。佐久くんは後者だ。時給と手当、札駅《さつえき》近くの学生バイトとしてはかなりの高給になる」

「あの」

と、和仁は挙手をした。花宮は「どうぞ、佐久くん」と真面目くさって指名した。

「ここにいる霊たちって、なんすか？」

「良い質問です。各ルームに、います」

和仁はたっぷり五秒は花宮の目を見つめた。不思議な色の瞳に呼び起こされて、思い出すのは新歓の夜だ。花宮の手にまとわりついた、白いもや。あのルームだけということではなくて、つまり、全ルーム？

「生者どもの賑《にぎ》やかソングを直接浴びせるために、霊はあまやの各ルームに配置されています。言葉は悪いけど、イメージとしては収容所かな。その数、基本的に一ルーム二霊《ふたたま》です」

「タマ？」

「花宮家における霊を数える単位。ヒトタマ、フタタマ」

「はあ……」

和仁はルームに目を走らせた。照明は一番明るいレベルで点けられているものの、ラックと壁の隙間《すきま》、天井とスピーカーの隙間、四隅《すみ》、そこかしこに薄闇《うすやみ》がうずくまっている。そういう場所に、いるのだと、想像してしまうと落ち着かない。

「安心してほしいんだけど、霊は、基本的に雑魚《ざこ》しかいないから。いや、雑魚といっても普通にこの世に残るレベルではあるんだけど」

レベルの説明をしようか、と花宮は右手の人差し指を立てた。

「この世に残ってる霊、レベル一。町中《まちなか》にいるもやとかカス。たまに人型。この世に明確な心残りが無かったり、あったはずだけど忘れていたり、死んだことに気付けていないだけだったりするひとたち。子供の顔見たいとか猫撫《な》でたいとか、そういう簡単な望みで残ってる霊もここに分類する。これは殆《ほとん》ど無害で、自力で家族の顔を見に行ったり猫撫でたりして満足できるし、それ以外はしばらく太陽にさらされると自然に消える——日光消毒ってやつだ」

その言い方はどうだろう。突っ込みたくなるが、和仁はぐっと耐える。花宮は次に中指も立てる。

「レベル二は、この世に執着を残す霊。これも、残された誰かが気がかりだとかいうパターンもあるけど、たいてい強いマイナスの感情だ。あいつのせいだとか、あいつ殺したいとか、道連れにしたいとか。対象を忘れてしまって、誰かを憎んでいたことだけを覚えている霊とか。放っておいたら、自分がいるところをいわゆる心霊スポットにしてしまうような、そういう霊。彼らは、生者の助けが無いとうまく『成仏』できない。そこで手助けをするのが、おれたちってこと。あまやにいるのはレベル二だ」

「それは、じゅうぶん、雑魚ではないと思うんですけど」

「雑魚だよ。相手をひとりで呪い殺したりできない程度の霊なんだから」

平気な顔でそう言ってから、花宮は薬指も立てて、三本の指を和仁に向かって小さくゆらめかせてみせた。

「レベル三。相手を殺したり害したり、無差別に呪いをばらまいたりする。そのレベルだと悪霊とか凶霊とかの名前が付く。そうなると、とてもじゃないけど表の世界とか、あまやみたいな表と裏の中間地点の世界の者では歯が立たない。裏の世界のプロが対処する。ファンタジーとかでよく題材になる、討伐《とうばつ》とか浄化が、これにあたるね」

和仁はもう一度挙手をした。はい佐久くん、と、花宮は立てっぱなしだった指の先を和仁に向けた。

「レベル二とレベル三の、霊の違いってなんですか」

「違いって？」

「つまり――ええと、レベル二とレベル三の違いは、怨みの深さ、ってことですか」

例えば。ずっとそこにいるだけの、こちらを殺そうとはしてこない霊は、さほど対象を怨んでいないと――そういうことに、ならないだろうか。

「いいや」

花宮はあっさりと否定した。淡々と、「裏」の人間として知っている事実を述べていく。

「言った気がするけど、基本、霊は幽かで弱いものだよ。生前は血を吐くほど怨んでも、レベル一未満の、即消える霊魂《れいこん》もある。なくしたキーホルダーの行方が気になっているだけの霊でも、タイミングが合えばこの世に残ってレベル二くらいにはなる。要はタイミングだし、運だね。そうでもなきゃ、この世はレベル三の怨霊であふれかえって、求人誌に花宮家の広告が載るよ。……まあでも」

ふと花宮が言葉を切った。和仁がわずかに首を傾げると、ふ、と目をそらす。

「裏の世界の人間は、霊になりやすい。そういう存在を知っているから、死んだあとも、魂《たましい》がその道筋を辿《たど》りやすいんだと思う」

「へえ、そうなんですか」

和仁は平凡な相槌を打ち——ふと、息を止めた。

あまり表情を変えず、淡々と説明を続けていた花宮が、ふいにバインダーを持ち上げて口元を隠す。その寸前に見えた花宮の唇の、端が歪《ゆが》んでいて。

（……わらった？）

ひどく、昏《くら》く。嗤《わら》ったように、見えた。

花宮はすぐに表情を戻した。つんとしたそっけない表情で、バインダーをぱたぱたと動かした。

「やっぱりちょっと心配？」

「え、何が」

「霊、怖い？　嫌だったら、表の仕事だけに回ってもらってもいいんだけど」

「あ、いや、怖くはないです」

そう、怖くはない。

四六時中傍《そば》にいるあの男すら、和仁に触れられないのだ。見知らぬ霊たちが、どうして和仁を害せるだろう。

「怖くはないけど、……ええと、一般人にできる仕事なのかな、って」

「そこは安心してよ。おれは花宮の人間だし、プロなんだから。大きな仕事はおれがやるし、霊の管理はしっかりしてる」

「……この間は、生首脱走してましたけどね」

「それはそれ、これはこれ」

　飄々《ひょうひょう》と花宮は言ってのけた。

「裏の仕事も色々あるけど、佐久くんみたいなバイトの子にやってもらうのは、確認だけだから。カラオケの仕事しながら、各ルームにきちんと霊がいるか、脱走者がいないか、営業時間中に確認してもらって、異常があればおれとか清佳とかの、本職に回してほしい。人手が足りないのは本当だけど、素人《しろうと》に危険なことは絶対させない」

　静かな口調だったけれど、そこには確かに、信頼を寄せるに足る真摯《しんし》さがあった。だから和仁は、花宮に「いいかな」と問われた時、何もためらわずに頷いていた。

　花宮はほっと息を吐いた。

「じゃあ裏の説明は以上。次は表ね」

　と、別のバインダーを取り出して視線を落とす。

「表も裏も、やっているうちにわかっていくと思うから。バイトの子に難しいことをさせるつもりもないし。安心して、ちょっと変わった仕事程度に思ってて」

そう言った花宮は、表のカラオケについての説明を始めた。仕事内容もざっと説明されたが、「まあ実際にやってみよう」と、十分足らずで切り上げた。

「今日は客も少ないし、シフトの面子《メンツ》も慣れた子だけだから、初日研修には最適」

花宮は眼鏡をかけて、ルームから出るよう和仁を促した。

「厨房入ったら、名札見てみて。二種類あって、右に青いラインがある名札をしてる子が、『裏』を知ってる」

「はあ」

和仁は、花宮の前を横切る形でルームの外へ向かう。その時、ふと、彼の目を見た。

「あの」

「ん？」

眼鏡を隔《へだ》てて、花宮の瞳の色がわかりづらくなっている。それでも、和仁と同じように普通ではないものを映す瞳には、

（——この男が、視えてないのか？）

土色の男は、和仁の真後ろにぴたりと、在《あ》る。

花宮一族、そんな大層な家の人なら、視えていないわけがない。

だが花宮は今まで一度も、男に言及していない。確かに、そこにいるのに。濁《にご》った眼窩《がんか》で和仁を見て、ずっと、あの日の怨みを滴《したた》らせているのに。

（もしかして）

この男は、幻覚なのか？

四年間ずっと、自分は、視界の端に、男の幻を見ているのか？

この男の存在への確信が揺らぐ。それは、和仁が度々《たびたび》抱く疑問だった。疑問というより、願望で、希望的観測だ。もしかして、怨まれていると思ったのは、自分の気のせいで。

あの優しい人は、和仁のことなんて、ちっとも――


真夏の陽《ひ》ざし。

蝉《せみ》の声、アスファルトをゆらめかせる陽炎《かげろう》。

ペットボトルの中の水がきらきらして、足元に、水の動きとリンクした光が踊る。きらきら、きらきら。

世界を切り裂く轟音《ごうおん》がして、誰かがアスファルトに擦《こす》り潰《つぶ》されても、何もかもが血と骨と肉で汚れても、ペットボトルの中の水だけは、ずっときらきらして汚れないまま光っていた。

「佐久くん?」

花宮の声で我に返った。

「どうしたの」

「あ、いや、すみません」

謝って、けれど和仁は立ち止まったまま、花宮に尋ねた。間近に立つと、身長は和仁のほうがわずかに高い。ほんの少し目線を下に向けて、眼鏡越しの目と目を合わせる。

「あの」

「うん?」

「……おれの後ろにいるものが、視えますか」

勇気を振り絞った問いは、それでも声が震えていた。

花宮はすう、と目を細めた。

「視える」

端的なその答えに、和仁はぐっと息を詰めた。

……あの水の綺麗さは、和仁の罪の証《あかし》のようなものだった。

ちらりと土色の男に目をやる。わかってる、と、口の中で呟いた。半ば瞼《まぶた》を伏せる。

わかっている。この男は幻なんかではない。この男を否定しようと、弱い心が足掻《あが》く度に、綺麗な水を思い出す。

男が死んだのは自分のせいで。

男はもう四年も、和仁について回って離れない。

なぜか——なんて、疑いようもないだろう。

「いいんですか、おれのこと、雇って」

「なんで?」

こんなものをくっつけた人間が傍にいたら、いい気分はしないだろう。そう思っての質問だったが、花宮はきょとんと首を傾げた。

「言っておくけど、別に霊なら見境なく祓《はら》うような、漫画みたいな仕事ではないんだよ、うち」

「はあ」

「対象は、あくまでどこかからの依頼とか、花宮の会議とかで決定される。それ以外の霊になんか、構っていられない。この世に、雑魚含めてどれだけの霊が漂ってるのか、佐久くんならわかるだろ。……うちが介入しないほうがいい場合だって、あるし」

「そうなんですか」

「そう。本人たち——当事者の死者と生者にしか、解決できないことなんて、たくさんある」

それはつまり、和仁とこの男も、そうだというのだろうか。

当事者同士。怨むものと怨まれるものと——どちらかが、消えるまで？

「だから、よほどのことがない限り、おれは仕事以外の霊には、手出ししない」

ははは、と。呼気が引き攣《つ》ったみたいな、微《かす》かな笑いが出た。花宮の怪訝《けげん》な顔から逃げるように、ルームから出る。

「すみません。なんでもないです」

花宮はふうん、と頷いた。ルームのドアを閉めて歩き出す。

厨房へは十歩の距離だ。厨房の出入り口を隠す暖簾《のれん》がすぐに迫ってくる。

少し調子がくるっているけれど、大丈夫だ。これまで通りにやればいい。

他人に踏み込まない。他人に踏み込ませない。優しくなんてされたくないし、したくない。いつか自分が死ぬ日まで。

そうすれば、死ぬはずのない人が死んでしまうことを、少しは避けられるはずだ。

暖簾をくぐると、厨房には二人の男女がいた。一人は雨宮で、もう一人、彼女と同い年くらいの男性スタッフがいる。目をやった名札には青いラインが入っていて、彼も裏のスタッフなのだとわかった。霊の存在を知っていたり、視ることができたりするのだろう。

だが関係無い。どうでもいい。そう自分に言い聞かせた。

花宮に促され、二人に向かって軽く会釈をした。

「佐久です。大学一年生です。よろしくお願いします」

新しい生活は始まるけれど、何も変えなくていい。

背後で土色の男が、どろどろの眼窩をゆらめかせている。

彼がいる限り——幸せに生きる権利なんて、自分には無いのだ。

□

「佐久、今の最後のノートちょっと見してくんね？」

隣の男子学生に言われ、和仁は「おう」とノートを差し出した。

受け取ったのは今野《こんの》といって、学生番号が前後のために、入学式からなんとなくつるんでいた。教養の授業も大半がかぶっている。だが今野は旭川《あさひかわ》の出身で、同郷の友人が何人かいるために、無理に和仁と付き合いを深めようとはしてこない。それが気楽でよかった。

「なー佐久、今日夜、暇？　サークルの、一年お披露目演奏会あんだけど」

「あ、悪い……今日バイトだ」

「そーか。ならしゃーないな」

カラオケだっけ？　と尋ねられ、和仁は頷く。

「佐久くんの友達ですっつったら、安くなったりしねーの」

「やー、きつい。まだ入ったばっかなのに、そんな権限無い」

そっか、じゃーな、とノートを返され、佐久は帰り支度を終えるなり手を振って教室を出た。今日はこれが最後の授業だ。自宅で握ってきたおにぎりを、食堂で五十円の味噌汁《みそしる》と共に流し込む。図書館で課題をしつつ、バイトまで時間を潰す。

午後五時を過ぎてから、図書館を出て札幌駅方面に向かう。この時間になると、札幌駅前の交差点や高架下にはどやどやと人が流れている。混雑のピークのギリギリ前、といった様相のファストフード店で、百円のハンバーガーをコーヒーで流し込み、あまやへ向かう。これが、和仁が決めた出勤日のルーチンだった。

初出勤から一週間が経《た》ち、今日は月曜日。四回目の出勤だが、ルーチンは早く決めるにこしたことはない。決まったことだけをこなして、極力アクシデントを避けるのだ。

それが一番、安全だ。

消臭剤をふりまいてから、アルコール製剤でルーム内を拭き上げていく。照明スイッチ、ソファ、テーブル、メニュー表。皿やグラスがあったらこのタイミングで回収する。マイクはアルコール製剤で濡《ぬ》らした専用の布で拭いたあと、「消毒済」と印字された袋を被せる。それからカラオケ機械にリセットをかけて、ルーム清掃は終了だ。

客が出ていき、次の客を入れるためのこの清掃を、営業終了後の清掃と区別するため、「クリーン」と呼ぶ。グラスを載せたトレイを持ち、和仁は厨房に戻った。

「四番ルームのクリーン、終わりました」

「おー、りょーかい」

厨房は中央に調理台とリキュール置き、壁面に流し台と食器棚がある。出入り口は今和仁が入ってきたところと、受付に繋がるところの二カ所があり、受付付近で雨宮と駄弁《だべ》っていた男性スタッフが、和仁に笑顔を向けた。名札には「サクラダ」と書いてあり、横には青いライン。和仁の初出勤の日もいた、裏のスタッフだ。

「佐久くんクリーン速いな。いいぞー」

そう言って、桜田一誠《さくらだいっせい》は和仁に親指を立ててみせた。「あざっす」と、和仁は軽く笑って応《こた》える。

桜田は短い黒髪と長身、まだ夏前なのに日焼け気味の肌をしている。初出勤の時の自己紹介で、大学三年生だと言っていた。いかにも健康精悍《せいかん》といった風貌《ふうぼう》と、これまでの会話で得た断片的な情報によると、桜田は大学で何かの運動部に入っているらしい。道理で指導が上手いと、和仁は思う。指示は短くてわかりやすく、同じことを質問しに行っても決して嫌な顔をしない。さわやかスポーツマン、といった印象だ。

「客来ないし、佐久くん、ポス操作やるか」

「あ、はい」

桜田に促されて受付に足を向けると、雨宮が「いいよ、やっておく」と和仁が持つトレイを受け取ってくれた。頭を下げてから桜田に続いて受付に出る。

受付にある二台のポスレジでは、ルームの空き状況がわかるようになっている。区切られたマスにルーム番号が振られ、マスは空き室ならば白、客がいれば青く光る。客の退室後のルームは緑になっていて、それに「清掃済み」の処理をして白に戻すのがポス操作だ。自分が知らない裏方を知っていくのは、純粋に面白かった。

桜田に見守られながら操作を済ませる。月曜日の夜は基本的に一番暇な時間帯で、マスが二十あるうち、青いマスは五つしかない。しかも、すべてノーマル入室——ドリンクバーも飲み放題も付けていない客なので、厨房は本当に、仕事が無かった。

「暇だな」

桜田が言い、和仁も「そうすね」と頷く。

「ちょっと受付の練習するか？　そろそろ店長も戻ってくるし」

桜田が時計に目をやった。

花宮は社員のため、営業日には必ず出勤するが、開店から出勤して夕方に帰ったり、午後に出勤して閉店までいたりする。午後出勤の場合、和仁が出勤する時間帯に、ちょうど休憩に出ていることが多い。今日は後者で、例に漏れず花宮は今休憩中だ。だが普段通りなら、もうすぐ戻ってくるだろう。

カラオケ業務の中で一番ハードルが高いのが受付で、和仁は一度もやっていない。初出勤の日はクリーンと、ルームに注文された飲食物を運ぶデリバリーの練習で終わったし、金曜日と土曜日は週末の混雑で、何かを教わる暇なんてなかった。

早いうちに仕事を覚えておきたかった和仁は、「お願いします」と、エプロンのポケットからボールペンとメモ帳を取り出した。

受付は、客の滞在時間や希望コース、ファーストオーダーなどを伝票に漏らさず書いていく。桜田が説明する手順をメモしているうちに、エレベーターから花宮が姿を現した。

「店長、お帰りなさい」

「お疲れ様です」

桜田と和仁の声掛けに、眼鏡を外している花宮は「うあー」という、返事だかなんだかわからない声で応えた。

「大丈夫すか、店長」

「伊野屋《いのや》で隣に座ったおっさんの体臭で酔った」

ラーメン屋の名前を出した花宮は、確かに顔色が悪い。味の濃いラーメンの匂いが立ち込めた中で、酔うほどのひどい体臭を浴びたら……と想像して、和仁は身震いすると同時に同情した。わはは、と桜田は声を上げて笑い、「どんまいっす！」と花宮に向かって拝む真似《まね》をした。

「うるさい、桜田、ちょっとおれもう見回りする気力無いから頼んでいい？」

「いいっすよー」

「あ、ちょっと待ってて」

そう言った花宮は、一度厨房の隣にある事務所へ消えた。少ししてから、扉を細く開けて顔だけを出してくる。

今日は霊も大人しいし、大丈夫だろう、と言った花宮は、ちらりと和仁を見た。

「ついでにさ、佐久くんにも教えてよ、『見回り』」

「え、俺でいいんすか？　雨宮ちゃんのほうがよくないすか」

「大丈夫。お前の見回りはいつも完璧だから」

「えー」

桜田は少し渋ったが、諦《あきら》めたように両手を上げて頷いた。それから和仁に向き直る。

「そういうわけだから、行くぞ、佐久くん」

「はあ」

「受付はまたあとで」

そう言った桜田は、エプロンを脱ぐよう指示してきた。厨房に入りながらエプロンを脱ぐと、中でレモンを切っていた雨宮がちょっと笑った。

「見回り、押し付けられた？」

「そう。雨宮ちゃん、代わんね？」

「やだ」

桜田と軽口を叩きあった雨宮は、和仁に向かっては「頑張って」と拳《こぶし》を握ってみせた。

「大丈夫、桜田くんは最強だから」

「はあ」

そんなことをしている間に、桜田が奥のラックから何かを取り出す。クリーンにも使うアルコール製剤と、水が入っている六角形の、何やら洒落《しゃれ》たボトルだ。ふたつをポケットに引っ掛けて、壁にかかっていた小さいバインダーを取った桜田は、和仁を振り返った。

「よーし、行くぞ佐久くん。雨宮ちゃん、厨房よろしく。店長は事務所にいるから」

「はーい。いってらっしゃい」

雨宮に見送られ、二人は厨房を出た。

桜田は、まず三階に向かった。エレベーターを使わず階段を上り、その間に桜田は説明を始めた。

「えー……ちょっと確認だけど、佐久くんは、裏スタッフなんだよな?」

「はい、一応」

「見回りってのは、ええと……ルームの見回りに見せかけた、霊の見回り、です」

だろうな、と和仁は思った。二人の口ぶりで、「見回り」が裏の仕事だろうとは見当がついていた。

カラオケ業務の時とは違って、桜田の説明の歯切れが悪い。

「俺は、普通の人間だから。店長とか雨宮ちゃんは、なんか特別な家業の人なんだろ?俺はそういうのではないから、ちゃんとしたことまでは知らねえけど、あまやが特別な店だってのはわかってる。店長からも説明は聞いてるし……でもその程度だから、上手い説明はできねんだよな」

じゃあなんで花宮は、桜田を裏スタッフとして雇っているのだろう？

疑問が浮かんだが、今訊《き》くことでもないか、と、和仁は疑問を呑《の》み込んだ。

途中からぶつぶつと独り言のようになりながら、三階に辿り着いた桜田は、一番近くにあるルームのドアの取っ手を握った。

「見るのは、空いてるルームだけでいい。えーと、見回りの時はまず、ドア開ける前に右のつま先で二回、左のつま先で一回、こう、トントンと」

言いながら桜田は、トトントト、と素早くつま先を床に打ち付けた。慣れ切った仕草だ。

「で、ドアをノック。取っ手の真横を一回、真下を一回、真上を一回」

場所を微妙に素早くずらしながら、桜田がリズムよく、拳をドアに打ち付けた。

「それで、絶対息を吸わずに、ドアを、開ける」

桜田がゆっくりとドアを開ける。

「——、え」

和仁は息を詰めた。

ルームの中の空気が、全然違う。通路よりも少し低い温度の水が詰まっているようだった。時折景色がゆらめいて見え、雨粒が窓ガラスを滑るように、スルリ、スルリ、と白い何かが視界にちらつく。

「ルームには入らなくていいから。こうやって、これをかざして」

言って、桜田はポケットに引っ掛けていた六角形のボトルを、目の前に持ち上げた。

「これでルームを見て。ここは、白いぼんやりしたのがふたつ、水の中に見えればオッケー。息を吸わずにドア閉めて、取っ手を二回、ガチャガチャする、と」

桜田は手早く取っ手を鳴らして、「これでしゅーりょー」と息を吐いた。それからバインダーを示す。

「で、これ。ルーム番号の下に数字あるだろ。何号室にいくつ見えればいいのかっていう数字だから。合ってたら、下のここにチェック入れて」

「はあ……」

いまいち要領を得ずに頷く和仁に、桜田は肩をすくめてみせた。

「まあ、なんだ……これで、ルームの中の霊の数を確認してるんだ。ちゃんといるか、ってのを」

曖昧な口ぶりに、和仁はつい、桜田に尋ねてしまった。

「あの」

「ん?」

「桜田さんは、視えない、んですか?」

「……佐久くん、視えんの?」

桜田は驚いたように目を瞠《みは》った。

「なんだ。じゃあ、お前もコレ要らないのか」

六角形のボトルを持ち上げて、桜田がそれを揺らす。ゆら、ゆら、と揺れるそれが、記憶の中のペットボトルと重なりそうで、和仁はさりげなく目線をそらした。

「そうなんですか?」

「店長とか雨宮ちゃんは、コレ使わねえの。視えるなら、直接ルームを見てわかるんだと。……わかるのか? 今、なんか視えた?」

「ええと、桜田さんの陰《かげ》になって、よく見えませんでした」

「ありゃ。……てか、視える奴に視えない奴が教えるのって、なんかおかしくね。やっぱ店長やればいいのに」

拗ねたようにぶつぶつ言ってから、桜田は気を取り直した。

「まあ、見回りの手順自体は変わらねえから。この階は全部俺がやるから、見ててな」

「はい」

「見回りの目安は二時間に一回。週末とか繁忙《はんぼう》期とか、忙しい日はできないこともあるけど、まあ気付いたらやる感じで。今日は客が少ないからいいけど、混んでる時は普通にお客さん通ることあるから。もたもたしてると変な目で見られる。結構つらいぞ、あの目は」

　経験があるのか、本当に嫌そうな顔をする。その間にも、桜田は「見回り」を続けていた。足の動き、ノック、ボトルを目にかざすのさえ一瞬だ。これだけ素早ければ、じっくり見ない限り、普通にルーム内を覗《のぞ》いているようにしか見えないだろう。

「この手順、面倒かもしれないけど絶対だ。守らないとコレが白くならないし、多分、直接見ても視えないんだと思う。そういう仕組みにしてあるって店長が言ってた」

「わかりました」

　頷きながら、和仁は、この人は本当に視えないんだなあ、と思った。

　桜田の手元にあるボトルに、土色の男が顔を寄せていることに気付かないのだから。

　どろどろの眼窩が手に触れそうなほど迫っても、桜田は気付かない。

　次の瞬間、和仁はぞっとした。

　土色の男が、桜田に、手を伸ばしたのだ。

(何を、する気だ)

　心臓が嫌な音を立て始めた。どっ、どっ、と脈打つ度に、寒気が指先まで押し寄せる。

　土色の男が、誰かに向かって行動を起こすことなんて今まで無かった。和仁への怨みを抱えながら、ただそこにいるだけだった。それが。

（やめろ。止まれ。やめて、くれ）

頭の中は真っ白で、その懇願しか浮かばない。その、死の色をした指先が桜田に迫るのを、止めたいのに、凍り付いたように手が動かない。

どうして桜田に。

お前が、手を伸ばすなら、相手はおれのはずだろう。

その指が縊《くび》るのは、この、おれの頸《くび》だろう――

「ん」

ルームのドアを閉めた桜田が、わずかに声を漏らした。

取っ手をガチャガチャと鳴らしながら、反対の手で、虫でも払うような仕草をした。土色の男の手があるあたりに、軽く手を泳がせる。

それだけで土色の男はふらりとゆらめいて、すう、と桜田から距離を取った。それから、いつも通り和仁の背後に回ったのを感じて、和仁は知らぬ間に詰めていた息を、静かにゆっくり吐き出した。

「……どうしたんですか、桜田さん」

「あ、いや。なんか変な感じして。悪い、なんでもなかった」

桜田は、顔色ひとつ変えないままに、そう言った。本当に気付いていないし、視えていないようだ。

三階で最後に残るのはパーティールームだ。といっても狭い店なので、めちゃくちゃに広い、というわけではない。二部屋あり、各部屋は十五人前後の収容だ。いざとなれば二部屋を隔てる壁を外して、ひとつのルームにすることもできる。

今は二部屋に分かれた状態だった。手前のルームに「見回り」をしたあと、桜田は再び和仁に向き合った。

「このルームは普段は使わないし、見回りもしなくていい」

「はあ」

「二部屋繋げるような、大人数の予約が入った時だけ使う。ただ、部屋を繋げるかどうかは店長の判断だから、電話で予約受けても、即答は無しな。確認して折り返すよう伝えて。その辺、またあとで説明するから」

「わかりました」

「で、余裕ある時は、ルームの見回り終わったら、ついでにトイレも見る、と。これは普通に清掃」

フロアの一番端にあるトイレに向かう。三階には女子トイレのみだ。女子トイレの赤い戸を開くことはまだ慣れないが、桜田は平気な顔をしてノックし、「お客様、いらっしゃいましたら音をお願いします」と声を張り上げた。

「男が入る時は、絶対これやって、中にいないことを確認。ただの清掃なのにまじでクレームになるから」

極力やりたくない、と思いながら、和仁は頷いた。

狭いスペースに無理矢理個室をふたつ詰めているため、手洗い台がとても狭い。二人中には入れず、和仁は出入り口に立って桜田の動きを見学した。桜田は、今度はアルコール製剤を手に取り、手洗い台に備え付けのペーパータオルを使って鏡を拭き始める。

「客がいなくても、鏡は結構汚れてることあるんだよな。割と丁寧めに拭いて」

「……はい」

今桜田が拭いている、その鏡の曇りが、重なった手形だということに、彼は多分気付いていないのだろう。

今足元でうろついている、汚れの犯人だろう蒼白《あおじろ》い手が、視えないのだから。

（……鬱陶《うっとう》しい）

手。手首から先の手だけが、五指を使って床を這《は》っている。

この階の霊の数はきっちり合っていたようだから、下の階から遠征《えんせい》してきたのかもしれない。

　和仁は目の端にその手を捉《とら》え、目線を向けないようにした。

　虫のようなその蒼い手は、桜田の足首を――摑《つか》めない。手が少しでも寄ると桜田は、足にまとわりつくビニール紐《ひも》を払うような気軽さで、ふいに足を動かし、手を払った。それだけで手は怖《お》じ気《け》づくように止まり、その輪郭を揺らがしさえした。

　桜田が鏡を拭き終えるまでのわずかな間に、手はかさこそと退散していった。この手も脱走犯なら花宮に報告が必要だが、この分だと自分がいるべきルームへ戻っただろう。

「鏡拭いたら、あとはトイレにゲロとか無いか確かめて、便器消毒して、ペーパー補充確認して、終わり」

「はい」

「よし、下戻るか。手順覚えたなら、やってみな」

「わかりました」

　二人は二階へ下りて、桜田から和仁へ、アルコール製剤とボトルをバトンタッチした。

　ノックの場所や順番を間違えたり、取っ手を鳴らすのを忘れたりしたが、その都度桜田が横から教えてくれた。その度に、手順を最初からやり直す。ルームの中を直接見るのはとりあえずやめておいて、ボトルを目にかざす。

「じっくり見るんじゃなくて、こう、ボトルの中身を確認してるだけですよ、みたいにやっておくと、変な目で見られる確率が減る」

「結構難しくないです？」

「まあ慣れだな。あ、このルームは白いのみっつだな」

「はい。合ってます」

桜田は歳《とし》が近いし、本人の明るい雰囲気もあって喋りやすい。のんきな会話をしながら進めていると、これがこの世に執着する霊の監視とかいう、恐ろしげな仕事だなんて忘れそうだ。

のんびりと「見回り」を終え、二階のトイレは何事もなく清掃し、二人は厨房に戻った。

「見回り終了でーす」

「はい、ありがとー」

業務用冷蔵庫を開けて、在庫チェックをしていたらしい花宮が、二人に向かって手を振った。

「どう？　何事も無かったでしょ」

「まあそうっすね。いつも通りです」

「さすが桜田」

花宮はちょっと笑って二人に近づき、桜田の肩をポンと叩いた。桜田はやれやれといった表情をして、壁につるしてある見回りチェック表に「サク（ラダ）」と記入した。

「なにこれ、サクカッコラダ、て」

「佐久くんと俺ってことです。わかるっしょ？」

「サク……サクラダ……うーん、まあ、アリ」

「よっしゃ」

アルコール製剤とボトルを戻しながら、随分《ずいぶん》砕けた仲だな、と和仁は二人を眺めた。花宮が若いとはいえ、店長とスタッフにしては気の抜けた会話だ。

「いいですけど、笹井さんとか部長とか来たら怒られません？」

雨宮の至極真っ当な指摘に、桜田は「それはそれ、これはこれ」と返す。その様子を眺めていた和仁の肩も、花宮は軽く叩いた。

「じゃあ佐久くん、桜田がちゃんと教えたか確認するから、もっかいそこのルーム見回りしよう」

「あ、はい」

一度置いたボトルを再び手にして、和仁は花宮のあとに続く。

いってら、と桜田と雨宮に送り出され、二人は厨房を出た。一番近いルームを使うかと思いきや、花宮は二階の一番端のルームを選んだ。九号室だ。

「じゃあ、どうぞ」

ドアを示され、和仁は一度頭の中で手順をさらってから、体を動かした。つま先、ドア。ボトルをかざす時、花宮がストップをかけた。

「それ、使わずやってみようか」

と言って、和仁の手からボトルを取り上げる。

「きちんと、視るんだ。この中にいる彼らの姿を」

花宮の声は、ひどく静かで真剣だった。

和仁は少しためらった。思い出すのは花宮の説明だ。レベル二の霊で、わざわざ霊能一族が鎮魂するというのだから、それなりにひどい死に方をして、それなりの怨みつらみがあるのだろう。生首、手首、はっきりと形を残している。

(あまり、グロくなければいいけど)

ゆっくりと、ルームの中を覗き込む。

視界に飛び込んできたのは、男の上半身だった。

テーブルの下で仰向けになっている。空の右眼窩と、白目が真っ赤な眼球をはめた左眼窩がこちらを見ている。

視線を滑らせると、隅にうずくまっている白い影が視えた。女の子のようだ。こちらはまともなヒトの形を保っている。全体的にぼんやりと薄れて、輪郭が時折揺れた。

さっき桜田と見回りをした時、このルームの霊はふたつで合っていた。

「ええと、ふたつです。数合ってます」

「うん。オーケー」

その花宮の声に、和仁はやれやれとドアを閉める。

その時、仰向けの男が肘《ひじ》を使って、テーブルの下から這い出そうとするのが視えて、和仁は少し笑ってしまった。

その体で、いったい何をしようというのだろう。ここから這い出てどこへ行くのだ。その、何もできない、命も持たないうつろな軀《からだ》で。

取っ手を二回鳴らし、和仁は花宮に向き直った。

「こんな感じでいいです？」

「……うん。手順合ってる」

花宮はなぜか手を差し出してきた。それは握手を求めるような動作で、和仁はつられて手を差し出す。花宮がぎゅっと和仁の手を握り、わずかに瞼を震わせた。

だがその表情の変化は一瞬だった。花宮は「お疲れ」と言いながら、さっと手を離す。

見回り終了をいたわる握手だろうか。花宮はこんな風に、時折、よくわからないタイミングで触れてくる。彼の童顔もあいまって、それがなんだか可愛《かわい》げのある行動に見えてしまう。

（店長相手に思うことじゃないけど）

「じゃあ『見回り』の説明するから、事務所行こう」

花宮は和仁をひたりと見つめてから、歩き出した。

厨房の隣に、「ｓｔａｆｆ　ｏｎｌｙ」の札をぶら下げた扉があり、更衣室や荷物置きを兼ねるそこを、事務所と呼んでいる。花宮が事務仕事をする時のデスクとパソコン、それから靴置きと荷物置きが押し込まれた狭い空間は、事務所というより物置だ。わずかなスペースに折り畳み椅子《いす》を引っ張り出し、デスクに座った花宮と向かい合う。

「あ、ここの飴《あめ》、いつでも食べて」

と、花宮がデスクの隅に置いていた、千代紙で折った箱を差し出した。綺麗な色の薄い紙に包まれた飴が、たっぷり入っていた。ひとつ受け取ってポケットにねじ込む。

「桜田、すごかったでしょ」

眼鏡を外した花宮がおもむろにそう言い、和仁は頷いた。

「はい。あの人、普通の人なんですか？　ええと、霊能一族、とかではなく」

「うん。普通の家の子。遡《さかのぼ》ればどこかの術者の血にぶつかるかもしれないけど、少なくとも花宮の家系ではないし、本家の記録では遡れない」

だから、と花宮は肩をすくめた。

「視えてもいないのに、無意識で霊を払ったり、霊が勝手に避けていったり——桜田のあれは、持って生まれた陽《よう》の気質の賜物《たまもの》だ」

そう。桜田は、まるで歩くお祓い装置のようだった。雨宮が言った「最強」の意味がよくわかった。

勿論正式に祓うわけではない。ただ自然な動作で霊をその場から散らした。トイレの蒼い手だけでなく、階段や廊下で、低い位置に漂う霊の気配のようなものは、桜田が歩くだけで、波が引くように退《ひ》いていった。

「桜田の陽は、どろどろの陰を遠ざける。……彼のあの気質は本当に得難いから、ヘブンから引き抜いたんだ」

「引き抜いた、ですか」

「おれ、あまやの店長になるために、半年くらいヘブンの駅前店で働いてたんだ。その時から、桜田の特質はすごいなと思ってて。で、あまやがオープンする時、清佳と桜田をスカウトして連れだしちゃったから、ヘブンの笹井からおれはめちゃくちゃ怨まれてる。笹井は『裏』の事情なんて知らないし、二人とも表の仕事が有能だったから。おまけに半年しか働いてない若造のおれが、店長として同じ給料を貰うわけだし」

ああ、なるほど。和仁は内心で頷いた。笹井と花宮の仲が友好的でないのはそのせいか。

「まあそれは置いておいて」

と、花宮が話を戻す。

「見回りは、文字通り各ルームの霊の見回り。あの手順は、ルームの『裏』を視るためのパスワードだと思ってくれればいい」

「パスワード？」

「そう。実験施設だし、半分霊のためのカラオケ屋みたいなものだけど、半分は人のためのカラオケ屋だから。お客様に被害があっちゃいけないわけ」

被害なんて出ようがないだろうに。と思いつつ、和仁は頷いた。

「ルームは、霊を置いている『裏』と、そこに被せるみたいにして、客が入る『表』がある。あの、ハガキの目隠しシールみたいなものを想像してほしいんだけど。普段は表しか見えないようにしておいて、一枚下には霊たちがいる『裏』がある、そんな感じ」

花宮は、適当な裏紙の上でてのひらをぱたぱたさせてみせた。目隠しシールのつもりなのだろう。真面目な顔でするから、少しおかしい。和仁は緩《ゆる》みそうな頬《ほお》を慌てて引き締めた。


「で、シールが簡単に剝がれたら駄目だから、剝がすための手続きを厳格に決めてる。それがあの動き。パスワード、というか、剝がし液が近いのかな」

「なんとなくわかりました。多分」

「なんとなくわかったなら、優秀」

花宮は紙をぱさっと放り投げる。

「バイトのスタッフにやってもらう裏の仕事は、見回りとおれへの報告くらいだから。あと、これは絶対守ってほしいんだけど」

そこで言葉を切った花宮が、じっと和仁の目を見つめてくる。水彩絵の具の黒と青を重ねて透かしたようなその色。じっと見られていると落ち着かなくて、和仁はなんですか、と先を促した。

花宮がゆっくり口を開き、嚙《か》んで含めるように告げた。

「ルームの『裏』は、いたずらに覗かないこと」

「はあ」

「本来はこんなこと、言うまでもないんだけど——つまり、桜田も他の裏スタッフも、好き好んで霊を視たりしないから」

「そんなん、おれもそうですよ」

好きであれらが視えるわけではない。和仁は少しむっとしながら抗議した。

和仁が視えるようになってしまったのは不可抗力だ。あの日――あの夏の日が無ければ、トイレで生首を目撃し、花宮にバイトにスカウトされることも無かっただろう。

「それならいいんだけど」

花宮はようやく和仁から目をそらし、デスクを指先でとんとん、と叩いた。

「こないだの生首みたいに、脱走するやつもいる。そういう時は対処しようとしないで、おれに任せて。おれがいない時は――ええと、夜なら清佳がいるはずだから、清佳に頼んで。おれも清佳も一応プロだから」

「わかりました」

「うん。何か質問は？」

促されて、和仁は少し迷ってから尋ねた。

「あの、六角形のやつに入ってるのって、なんですか」

「あのボトル？」

頷く。和仁の肝《きも》を冷やすだけ冷やして、土色の男は結局あれ以降桜田に手を伸ばすことはなかった。それで、思ったのだ。土色の男は桜田ではなくて、あのボトルに興味を向けたのでは、と。そうだったら、安心できる。

花宮はうーん、と唸《うな》った。

「あれは、視えない人が死者の世界を覗くための補助具、なんだけど。ちょっと、花宮の闇みたいなものだから、スタッフには教えたくないんだよね」

「大丈夫なので。教えてください」

中身を知って安心したい。食い下がると、花宮は少し肩をすくめた。

「死者の世界を視るのに、死者の力を借りるんだ。死者の、目を。……人間の体の六割は水分なのは、知ってるでしょ」

「はい」

「死人から、その水分のうち、眼球の水分を分けてもらってる」

一瞬和仁は硬直した。花宮は「佐久くんが知りたいって言ったんだからな」と念を押した。

「死者の目の水を通して、死者の姿を視せてもらう。ええと、一応言っておくけど、きちんと花宮の術者が選別した死体で、花宮が浄化精製した水だから、安心……安心？　安心して」

「……それ、誰にも言ってないんですか？」

「まあ、この店であれを使う子、今のところ桜田しかいないから。桜田には訊かれたことないな。おれも清佳も要らないし、朝番にも一人裏スタッフがいるけど、その子も視える子だから」

「なるほど」

思うところはあるが、一応さっきの土色の男の行動について、納得はできた。霊が、死者の気配を多分に発する妙なものを見つけたら、それは少しは気になるだろう。

(よかった)

和仁は胸をなでおろした。

多分、土色の男が桜田を害することはないし。

霊が生者に手を出すなどということはやはりありえないのだと、再確認できた。

花宮はふうと息を吐き、軽く髪を掻き上げた。

「あまやができてから、まだ一年少ししか経ってないんだ。桜田みたいに、視えないけど適性アリの子を今後雇うかもしれないし、その質問された時のために、うまい言い方を考えなくちゃな。引かれて辞められたら困る」

「そうですね」

どう言い換えても引く人はドン引きするだろう、と思いながら、和仁は真面目な顔で頷いた。

「まあ、それは店全体に言えることで。改善も改良もこれからだし、問題点も出てくると思う。そういうことに気付いた時も、おれに教えて。よろしく」

「はい」

「じゃあ厨房戻ろうか」

　その言葉で二人は立ち上がった。狭い事務所から、スペースを譲り合いつつ外に出る。厨房では雨宮と桜田が、のんびりとジョッキを磨いていた。

「お疲れ」

「お疲れ様です。店長、クソ暇なんですけど」

「店長たちが行ってから今まで入室ゼロです」

「あー、いいのいいの。今日は佐久くんの教育日として四人シフトにしてるから。清佳、佐久くんに受付教えてあげて」

「はい」

「おれ発注やるから、桜田、カウント手伝って」

「うぃっす」

「じゃあ仕事、各々《おのおの》はじめー」

花宮の、やる気があるのかないのかわからないような掛け声で、わらわらと動き出す。その中の一人になりながら、和仁は妙な気持ちだった。

狭い二フロアにみっしりと並ぶカラオケルーム。その中に、この世に諸々《もろもろ》の未練を抱えた霊たちがごろごろしていて、扉一枚でそれを塞《ふさ》いで、通路は明るく音楽は陽気に流れ続ける。どう考えても特色がありすぎる環境だ。

(やっぱり、変なバイトに入ってしまった)

そう思うが、決して不快な気分ではない。不快でないのが、不安だった。土色の男が桜田に手を伸ばした一瞬を思い出して、寒気がする。呪文のように、胸の中で繰り返す。

(関わらせない、関わらない)

それが、自分と他人を守ってくれる。

ふわふわとした気分を抑え、自分の感情を醒《さ》ましてから、和仁は、自分を呼ぶ雨宮の声に返事をした。

二章

ザッピングの果てにめぼしい番組を見つけられなかった和仁《かずひと》は、ぶっつりとテレビの電源を切った。

十四インチの小さなテレビ。適当なチャンネルを流し見しながら遅い昼食を作るつもりだったが、やめにする。スマホで動画サイトを開き、トップに出てきたミュージックビデオをタップした。

音量をマックスにしてから、和仁はさて、とキッチン台に立つ。狭いアパートの狭いキッチン台だ。まな板の傍《そば》にもやし、しめじ、豚肉《ぶた》の小パックを置いてしまえば、もう何も置けなくなる。一人用の冷蔵庫の上に百均で買ってきたパスタ用容器を置いて、一人分のパスタと規定量の水、塩をぶちこむ。表示通りの時間をセットし、電子レンジのスイッチを入れたあとでしめじと豚肉を切って、二口あるコンロのひとつを使って炒《いた》め始めた。チューブニンニクを絞り、しめじと油がなじんだところでもやしも入れる。それから水で薄めるタイプの白だしを投入し、少し醤油《しょうゆ》を垂らしてから火を止めた。包丁とまな板を洗ってから、電子レンジの中でパスタが茹《ゆ》であがるまで、スマホの画面で踊っているグループを眺める。自動再生によって、最初のアーティストとは違う男女が映っていた。

（……あー、この曲、今流れてるな）

流行《はや》りのＪポップにはとんと疎《うと》い和仁だったが、カラオケでバイトをしてひと月も経《た》てば、勤務中流れているＣＭや有線放送によって、たいていの流行曲は刷り込まれる。サビだけなら歌詞付きで歌えるほどだ。

サビにさしかかったところで電子レンジが鳴った。フライパンに火をつけてから容器を取り出してパスタの水を切り、温まりかけた具の中にぶちこむ。弱火にして和《あ》えながら、菜箸《さいばし》を舐《な》めて味をみる。まあまあ納得の味だった。仕上げに、百均で買った七味唐辛子を軽くふりかけてから火を止めた。

白い丸皿に和風パスタもどきを移し、プラスチックフォークを握ってラグの上にあぐらをかく。自分で適当に作った食事だ。手を合わせるようなこともない。

高校生の頃から、自分の食事は自分で用意することが多かった。だから切る・煮る・焼くの基本事項は普通にこなせるし、ネットによくある料理下手エピソードには縁遠い。

だが得意料理は、と言われれば首を傾《かし》げる。具を切ってルーと煮るだけの煮込み、野菜と肉を気分で味付けする炒め物、ありあわせの食材と和えるだけのパスタ。和仁にとって料理とはそういうものだった。

独り暮らしで自炊をしている、と言えば褒めてくれる人が結構いるが、実際のところは全く大したものじゃない。自分の口に入るものをそれなりに整える、作業のようなものだ。

スマホをBGMにパスタをすすりこみつつ、和仁はローテーブルの上に開きっぱなしの英和辞書を覗《のぞ》き込む。傍《かたわ》らのルーズリーフにパスタの汁が飛ばないよう気を付けながら、課題の訳文に頭の中で道筋をつけていく。

パスタの最後のひと巻きを口に放り込んでから立ち上がる。洗い物は、一度放っておいてしまうと途端に億劫《おっくう》になるから、すぐに洗う。皿を洗って広げた布巾《ふきん》の上に伏せ、パスタ容器とフライパンも洗ってしまう。速乾布巾で調理器具を拭いて戻した。

それからやれやれと座り直し、シャーペンを握る。

課題を終えると夕方になっていて、バイトがある日ならそろそろ準備を始める時間だが、今日は水曜日。あまやそのものが休みの日だ。スマホで猫を集めるだけのゲームをし、ベッドに移ってうとうとしているうちに夜になる。腹にはまだ昼のパスタが残っているから、シリアルに牛乳をかけて流し込み、空腹の気配を追い払う。シャワーを浴びて、まだ期限に余裕のある課題に手を付け、少し本を読む。

クソみたいな生活をしていると、自分でも思う。

呼吸して、食って、課題して、寝る。

牢獄《ろうごく》生活ってこんなんかな、とたまに想像する。古くて狭苦しい学生アパートは贅沢《ぜいたく》な独房だ。まっさらで、何もない日々。

（おれに似合いだ）

気付けばそこにいる、土色の男。何か変化がほしい、という思いが脳裏を掠《かす》める度に、その姿を思い出す。

今も、ほら。どろりと眼窩《がんか》を濁《にご》らせて、そこに、立っている。

彼が満足するまで、和仁は刑期中の囚人《しゅうじん》だ。いや——満足してもなお、和仁は罪人であり続けるのだけれど。

勉強しかすることがないために、成績だけは無駄に良い。大学に行って単位を集めるほかは、サークルに行くでもなく趣味があるわけでもない。バイトさえ週三回の夜のみだ。それでも奨学金と併せて一カ月の生活費にはなる額が稼げている——花宮《はなみや》から説明を受けていたとはいえ、先月末の給料を見て目玉が飛び出た。時給も高めだが、それについている「手当」の額がすごい。今のところ和仁が行っている裏業務は「見回り」だけなのに、それだけ貰《もら》っているのが後ろめたくなるほどだ。そのおかげで、週三回という舐めたシフトでも生活できるのだが。

（シフト、増やすか）

和仁はごろりと床に横になった。そうすれば、月々貰う奨学金の額を減らしてもやっていける。無利子のものを借りることができてはいるが、借金は少ないほうがいい。

そんな言い訳のようなことを考えながら、和仁は床でうとうとと目を閉じた。

金銭の工面《くめん》を理由にして、この牢獄から出る時間を少しでも増やそうとしているなんて、そんなことには、気付かないふりをしていた。

□

週三回のシフトとはいえ、ひと月も働けば慣れるものだ。

客が入ってきたことに気付き次第「いらっしゃいませ」と声を上げるのにも、もう抵抗はない。和仁は意識して唇の端を持ち上げながら、何名様ですか、と声を張った。

つつがなく受付を済ませて客をルームに通したものの、自信を持って完璧だと言えるわけではないので、たった今記入した受付伝票を手に厨房《ちゅうぼう》へ引っ込む。

花宮は朝番だったため、和仁と入れ違いで退勤していった。「清佳《せいか》がいるしあとはよろしく」と呟《つぶや》いて、なぜか和仁と握手をして去っていった。

そういうわけで今厨房には雨宮《あまみや》と、表スタッフの相川《あいかわ》がいた。雨宮が電話対応をしていたため、相川に声をかける。相川は大学四年生、就活真っ最中のためシフトを減らしているらしく、今日が和仁との初対面だった。

「相川さん、すみません。伝票チェックお願いします」

「おー」

ひょろりと針金のように背が高い相川は、平均以上の身長がある和仁の手元も、かがみこんで覗いてくる。ざっと目を通した相川は頷《うなず》いた。

「ん、いいんじゃねの。佐久《さく》くん、入って一カ月だっけ？　対応落ち着いてるし、すげーね」

「まじすか。ありがとうございます」

佐久は笑って頭を下げ、受付に戻った。

ここのスタッフは、なんだかいい人たちばかりだな、と思う。ミスをしても怒鳴られるということはないし、できたことを褒めてくれる。怨霊《おんりょう》カラオケだとは思えないほど、明るい職場だった。

（あ、そうだ、見回り）

ちらりと時計を見る。時刻は午後八時を回り、前回の見回りから二時間が経っている。

見回りは、表スタッフにはただのルーム見回りだと伝えられている。表スタッフが見回りに行く、と言い出す前に、裏スタッフが買って出なければいけない。

「おれ、見回り行ってきます」

「ん、佐久くん行けんの？　新人さんでしょ」

「あざっす、大丈夫です、教えてもらってるんで」

エプロンを脱ぐ和仁の前に、電話を切った雨宮が近づいてきた。

「佐久くん、わたし行くよ？」

雨宮は一応裏の人間として、進んで見回りに行くようにしているらしい。見回りチェック表には、結構な頻度《ひんど》で「雨宮」と記されている。

だが和仁は笑って首を振った。

「慣れたんで大丈夫です。ありがとうございます」

そう、じゃあお願い、と笑う雨宮の、ひそかな溜息《ためいき》に安堵《あんど》が含まれていることを、和仁は知っている。

自分で気付いたわけではない。桜田《さくらだ》から教えられたのだ。

先週の月曜日は、雨宮が休みだった。花宮は事務所で何かの書類作成の真っ最中で、厨房で二人で暇を持て余していた。

そんな中で、桜田が言ったのだ。

「そうだ、佐久くん」

「なんすか?」

「見回りなんだけどさ。裏スタッフが雨宮ちゃんと佐久くんしかいない時は、佐久くん、できれば行ってあげてくれる?」

「え?」

暇すぎてストローを一本一本数えていた、その手を止めて、和仁は桜田のほうを向いた。

「いいですけど、なんでです?」

「雨宮ちゃん、多分、見回り苦手だから」

桜田も、使い終わった伝票をメモ帳サイズにカットする作業を中断して、和仁を見る。

「俺は霊は、自力では視《み》えないけど、最初に店長に視せてもらったんだよね。ああこの店はまじなんだって、普段の見回りであいうものが視えてるんだってことは、知ってる」

「はあ」

「で、それを踏まえて、多分雨宮ちゃん、めちゃくちゃ霊が苦手なんだよ」

「え、だってあの人、裏の関係者ですよね?」

その道では大層な有力者である花宮一族の、分家だか親戚だかが、雨宮の家だったはずだ。その道のプロなのではないかと問うと、桜田が頷いた。

「や、そうなんだけど。えっとな、あまやができる前、俺はヘブンの駅前店のスタッフで、雨宮ちゃんとは同時期に入った同期なんだよ」

「そうなんですか」

ヘブン時代からバイト仲間だとは知っていたが、同期ということは初めて知った。桜田は頷く。

「そう。大学入ると同時にバイト始めたんだけど、雨宮ちゃんとはその時からずっと一緒。で、ヘブンでは霊とか何も関係無しに、普通にスタッフだったんだけど。バイト同士で映画の話とかすると、雨宮ちゃんホラー系は絶対拒否してたし、雨宮ちゃんのホラー嫌いは割とバイトの間では有名で」

桜田はどこか据《す》わりが悪そうに、だが淀《よど》みなく喋《しゃべ》る。

「そんなんで、店長が……今の店長が来て、あまやで、霊だろ？　雨宮ちゃん大丈夫なのかって思ってみてたら、やっぱ大丈夫じゃなさそうで」

厨房とかデリバリーとか、霊がいない場所だったり他に人がいたりする時は問題無さそうなんだけど、見回りとか、誰もいない階にクリーン行ったりすると、顔強張《こわば》ってるんだよな、と、桜田は頭を掻《か》いた。

「別に雨宮ちゃんに頼まれてるわけじゃないけど、まあできれば、やってあげたほうがいいのかなと」

「わかりました。それなら、全然、やりますよ」

ホラーが嫌いな人の心理がわからない和仁は、文句無く頷いた。

ホラーに出てくる怨霊とか呪いとかは、所詮《しょせん》フィクションだ。

実際の霊――土色の男は、つきまとうだけで、和仁の頸《くび》を絞めることもできないのだ。怖がる必要なんてない。

「ん、よろしく」

桜田は少し笑った。

和仁は好奇心を抑えようとし、だがこれくらいいいか、と思って、尋ねてみる。

「あの、雨宮さんと桜田さん、付き合ってるんですか？」

大学生のどうしようもない習性に、和仁も少なからず影響を受けているらしい。授業のグループワークなど、初対面の人間と初めての雑談をする時は、必ずと言っていいほどこの質問から入る。つまり、彼氏か彼女はいる？　というやつだ。雑談のとっかかりとして一番楽だし、最初に知っておけば付き合い方も変わるだろ、というのは、今野《こんの》の話だったたか。

桜田は「は？」と声を漏らしたあと、笑って手を振った。

「違う違う。そういうんじゃない。俺、ちゃんと大事なカノジョがいますし」

「あ、そうだったんですか。すみません」

「そうそう。雨宮ちゃんとは、同期だし、付き合い長いし、仲間意識みたいなもんだ」

「なるほど」

和仁はわかりました、と再度頷いた。

「おれも雨宮さんのこと、気を付けますね」

それに「ありがとう」と言って、桜田は安心したように笑ったのだ。

——ということを思い出しながら、和仁は見回りをした。

ドアを開ける時の手順は、家や大学でも脳内復習を繰り返しただけあって、すっかり慣れたものだ。

花宮いわくパスワードあるいは剝がし液である動作を終えて、和仁は十二号室のドアを開く。暗い水が詰まったようにルーム内の景色はゆらめき、この世ならざるノイズが走る。

ここには例の生首と、もうひとつ、右半身の女の霊がいるはずだった。後者は常に膝《ひざ》を抱えて部屋の隅《すみ》にうずくまり、右手の指先で無念げに、床を掻いているのだった。首を巡らせて、そのふたつの姿を確認しようとした和仁は、瞬《まばた》きをした。

(……、あれ?)

生首は相変わらず、目玉をぶるぶるさせながら、ソファと壁の隙間《すきま》に転がっている。

右半身の女の霊は――立ち上がり、その輪郭《りんかく》を、奇妙にぼかしていた。

ざざ、ざざ、と、砂が崩れかけては戻るような動きを繰り返している。

（なんだ？）

和仁はほんの少し身を乗り出した。

鼻先が、ぬるい空気の壁を押し込んだ――そう感じると同時に、ぶわ、と全身の内側が冷えた。

咄嗟《とっさ》に、和仁は身体《からだ》を引いた。二歩三歩と後ずさりして、ドアを閉める。無意識に、見回りの手順通りに取っ手を鳴らしながら、和仁は思う。

――ルームの中、桟《さん》を越えた先は、別世界だ。

霊の姿をはっきりと視ることができる、ルームの「裏側」。暗くつめたい死者の世界。

まだつま先に、さっき感じた冷たさが残っている。

少しだけ震える息を吐きながら、和仁は閉じたドアを見つめていた。


厨房に戻り、雨宮をつかまえる。

女の霊の異常を伝えると、雨宮はああ、と頷いた。

「大丈夫。それは、『成仏《じょうぶつ》』が近いしるしだから」

「成仏……」

「本当は全然意味が違うんだけどね。花宮の系列は、別に仏教系ってわけではないし。でも死者が未練から解放されて、その存在を空にゆだねることを、まあ俗なニュアンスとしては近いかなってことで、非公式の場では『成仏』って言ってるの」

本格的な「裏」の話になると理解は七割程度だが、一応和仁は頷いておいた。

「あまやでやっていることは、優しいやすりがけみたいなものだと、わたしは思っていて」

相川は休憩に入っているから、はばかることなく、雨宮は「裏」の説明をする。

「未練とか執着《しゅうちゃく》とかでどうしようもなく棘《とげ》だらけのザラザラになった魂《たましい》を、歌とか、生者の陽気で少しずつ丸くするの。自分で自分にやすりがけはできないでしょう？　だから外から力を加えて、丸くなる手助けをする。それで、きれいな丸になったら、霊はここから——この世から、消えていく」

右の拳《こぶし》を左のてのひらで包みながら、雨宮はそう言った。

「佐久くんが見たのは、その前兆だね。霊たちはまん丸になる直前に、本来の姿を、生きていた頃の姿を取り戻すから。近いうちに『成仏』するんだと思う」

「はあ、なるほど」

随分嚙《ずいぶんか》み砕いて、わかりやすい説明だった。花宮の目隠しシールの例えより、よほどそれらしい感じがする。さすが本職なだけはある。

さすがプロですね、と伝えようとした時、和仁ははっと目を瞠《みは》った。

雨宮の後ろにある、厨房と通路を隔《へだ》てる暖簾《のれん》。暖簾の下を、ごろろろろ、と転がっていったのは。

「雨宮さんっ首」

「え」

驚いたような声を上げながら、しかし雨宮の反応は早かった。床を蹴って一足で暖簾をはねのけ通路に出る。

生首は相変わらず目玉をぶるぶるさせながら、今回はトイレではなく、階段のほうへ転がっていった。

「佐久くんは待ってて」

雨宮の声は、震えたりはしていなかった。きちんと強い芯《しん》が入った声で――普段と比べて強すぎるところが、気になった。

和仁も厨房を出た。雨宮は階段とフロアの境目あたりで立ち止まり、こちらに背を向けた状態で、階段から下へ落ちそうで落ちない生首に向かって何かをしている。肘《ひじ》が動いているのがわずかに見えて、胸の前で手でも組んでいるような動きだが、よくわからない。

くぐもった声のようなものも聞こえ、少し空気がひりついた、と感じた。

雨宮が大きく息を吐き、ゆっくりと歩き出す。かがんでから振り返った雨宮は、その手に生首を摑《つか》んでいた。鷲摑《わしづか》みではなく、運動部がボールを脇に抱えるような持ち方だ。

「……佐久くん。来なくて大丈夫だよ」

雨宮はそう言って、「戻してくるね」と、三階へ続く階段に向かう。その表情に特段変化は無く、普段の穏やかな雨宮に見えた。

桜田の言葉が無ければ、そこに違和感なんて感じなかっただろう。

だが知っていて、気付いてしまった。和仁は大人しく厨房に引き返したが、数分後に戻ってきた雨宮に、つい、尋ねてしまった。

「あの。……大丈夫ですか。無理してませんか」

よく見れば口元が強張り、ただでさえ白い顔色が、さらに血の気を失っている。

雨宮は驚いたように、二、三度唇で空を食《は》んで、それから大きく息を吐いた。

「……ばれてるの？」

「え」

「わたしがこの仕事――苦手だって」

そう言った雨宮が、ずるずるとその場にしゃがみこんだ。慌てて和仁も膝を折り、その顔色をうかがった。貧血でも起こしかねないような顔色の悪さが気になった。

「雨宮さん？」

「桜田くんとはもう付き合い三年目だし、ばれてても仕方ないんだけど、佐久くん、なんでわかるの。それくらいわたし、駄目だった？」

「駄目って、そんなことないですよ」

「ああごめん、気、遣わないで」

「雨宮さん、一回、落ち着きましょう」

深呼吸、と声をかけると、雨宮は大きく息を吸ってから、膝に顔をうずめた。

「……雨宮は花宮の分家で」

薄い背をさすっていいものかどうか迷っているうちに、雨宮が口を開いた。

「最初は側近格《そっきん》だったのに、もう何代も力のある術者を出せてなくて、落ちぶれた家格で、でもやっと、花宮に使ってもらえる程度の霊力を持った子が生まれて、すごく期待されてるのに、肝心のそいつが、霊が怖いって、ほんと、何？」

雨宮は吐き出すように一気に喋った。和仁は頷くこともできず、喉《のど》の奥で曖昧《あいまい》な相槌《あいづち》を打ちながら、ひとまず雨宮が落ち着くのを待つことにした。

「上の兄弟は優秀で、でも先天的な霊力量はそいつが勝ってて、妹に跡継ぎの地位を取られても優しくしてくれるくらい良い人なのに、跡継ぎがこんなに腑抜《ふぬ》けで、本当、もう嫌……適性が無いのに才能だけある、役立たず……」

ギリ、と。雨宮が、膝を抱え込んだ自分の腕に爪を立てている。そこに赤い筋が滲《にじ》みそうなのを見て、和仁はとうとう雨宮の背中に触れた。

「雨宮さん、落ち着いて」

「……」

「大丈夫ですよ。役立たずなんて言わないでください。ええと……おれは素人《しろうと》なので。さっきはありがとうございました。あの生首、結構アグレッシブですね」

和仁の言葉に、雨宮は一度ぎゅうっと身体を縮めた。そのあとでゆっくりと、細く息を吐く。

そのか細い吐息の中で、ごめん、と呟いた。

「……そう言ってもらえると、嬉《うれ》しい。最近焦ってて……ごめん。本当に」

雨宮はわずかに顔を持ち上げた。カールの無い睫《まつ》毛《げ》は、間近で見るとその長さが正しくわかって、和仁はまじまじと見てしまいそうになったのを、慌てて目をそらした。

まだ一カ月しか付き合っていない和仁には、雨宮の正しい慰《なぐさ》め方がわからない。和仁は話題を探した。

「あ、あの、中断処理教えてください」

「え？」

「ポスの。おれまだ、追加オーダーミスした時のキャンセルかけ方わかってないので」

言いながら、和仁は暖簾の向こうのポスレジを指さす。

雨宮はゆっくり瞬きをしてから、薄く微笑《ほほえ》んだ。

「ありがとう、佐久くん」

それから二人で受付に立ち、レジ操作を教えてもらう。途中で二人組の入室があった以外は暇そのものだった。そうしている間に雨宮は落ち着きを取り戻し、ふうと息を吐く。

「ごめんね佐久くん。取り乱した」

「え。いえ、そんな」

「これはちょっと、言い訳みたいなものなんだけど」

雨宮は苦笑いしながら、和仁を見上げた。

「死者は生者の陽気に勝てないけど、生者に何か後ろめたいことがあると、死者はその昏《くら》い感情をとっかかりにして、生者に手を伸ばすことがある」

「はあ」

「それが死者が抱く負の念に近いものなら、なおさら。つまりわたしは、自分の無能が後ろめたくて、あの生首も生前似たような気持ちを抱いて死んでいて……だからわたし、あの生首の対応するとすっごい気分が落ちるんだよね。最近は特に、家に戻った時のことを考えるようになったから。本当ごめん」

「謝らないでくださいって」

「……佐久くんは裏の子だから、少しわたしのこと、話しておくね」

そう前置きして、雨宮は話し出した。

「わたしは家の仕事が嫌で、進学を言い訳にして札幌《さっぽろ》まで逃げてきたの。でも、最初は二年だけの約束だった。どうせ家に入るんだから、進学先も短大で」

それほど厳しい家ではないんだ、と雨宮が呟く。

「むしろ、跡取り娘のわがままを聞いてくれるくらい、優しい。それでも、父の優しさを二年間貰っておいて、やっぱりわたしには覚悟ができなかった」

「覚悟、ですか」

「死が近くにある家に入る、覚悟が」

溜息を吐いて、いやになるね、と苦笑いする雨宮の横顔を和仁は見つめた。

「そこに、花宮本家の跡継ぎが、札幌で実験施設の管理を任されたって言うから。そこに行って修行をするなら、ってことで、わたしはまだ札幌にいることを許してもらったの」

修行という言葉をとても苦く発音した雨宮は、和仁をぱっと見上げた。突然視線がぶつかってどきりとする。

「だから、その……こんなこと聞いたら、頼りないって思っちゃうと思うけど、でもわたしは一応、いくら頼りなくてもプロの人間だから。佐久くんは無理しないで、何かあったら店長か、わたしに教えてね。よくわからないバイトに入っちゃって、怖いかもしれないけど、ちゃんと、守るから」

まっすぐなその言い方に、和仁は少し照れくささを覚えながら、はい、と返事をした。

「でも少し、今更ですね」

「……頼りなさがばれてるとは、思ってなかったから。改めて宣言、みたいな」

「大丈夫です。頼りにしてます」

そう伝えると、雨宮は少し嬉しそうに、口元を緩《ゆる》めた。

□

どこの接客業でもそうだと思うが、平日と週末の混雑度合いは天と地の差がある。

月曜日にはストローを一本一本数えることすらあるのに、金曜日の夜は息つく暇もない。

受付に立つ桜田と雨宮は対応に追われて動けないし、花宮は受付と厨房の間の連絡係をしながら、次々入るフードのオーダーを捌《さば》いていく。和仁は、もう一人のスタッフと共に、クリーンにデリバリーに、店中を駆け回っていた。

もう一人のスタッフは時々ドリンク作りに回るため、厨房外にいるのは和仁一人、なんて状況もザラだった。

インカムのマイクに口を寄せ、和仁は受付の二人に、十二号室のクリーンが終わったことを伝える。すぐに雨宮から返事があった。

『十二号室クリーン、ありがとうございます。お客様ご案内します。もうクリーンは無いので、厨房にバックでお願いします』

四ルーム連続のクリーンをやっと終えたが、息つく暇が与えられるわけではない。トレイの上にたっぷり中身が注がれたビールジョッキを載せて、各ルームにお届けする。

十二号室のドアをノックした時、和仁はふいに、成仏しかけの女の霊のことを思い出した。

あの霊は、どうなっただろう？

ドアを開けて、狭いルームにもかかわらず早速タンバリンを振り回しながら歌い始めている客にぶつからないように、ビールジョッキを置いていく。

ちらりと壁際に目をやるが、花宮が言うところの目隠しシールで「裏」がうまく隠されている今、勿論《もちろん》視えるはずがなかった。

厨房に戻り、花宮か雨宮に尋ねようかと思ったが、受付にいる雨宮は言うまでもなく、午後九時を前にしてピークにさしかかるフード注文に殺気立つ花宮も、答えられる状況ではなかった。

「すみません、店長……」

「あっ佐久くんいーところに、レモンまぜてネギにかけて、ポテト」

分身してえ、と吼《ほ》えかねない忙しさの中にいる花宮の指示を、「フライドポテトにレモンを添えて、焼きネギにレモン汁を混ぜた塩だれをかける」と正しく脳内翻訳《ほんやく》し、仰《おお》せのままに動く。そのまま、再び慌ただしく厨房を出た。

ぐるぐると店中をデリバリーに駆け回っていると、やがてまた、十二号室へのオーダーがトレイの上に載せられた。厨房を出る時一瞬だけ立ち止まり、壁にぶら下がっている「見回り」のチェック表を見た。チェック表では十二号室の数字は「2」のままだが、最後に見回りをしたのは午後三時になっている。それだけ忙しかったのだろう。

今どうなっているのか、無性に気になる。

……少しだけだ。

幸い十二号室は三階。二階の厨房にいる花宮たちに、和仁が何をしたかなんて、知る術《すべ》は無い。

和仁はつま先を床に打ち付け、少しぎこちないながらも自然な流れでノックをした。それから息を止めて——ドアを、開ける。

水が詰まったようにゆらめく中の景色。驚くことに、中にいるはずの客は、水の中に落ちる黒い影になっていた。手をふらふらと揺らし、楽しげに弾んでいるのだろうその姿も、不気味で滑稽《こっけい》な影絵のように見える。鳴り響いているはずの明るい音楽は、水を通してぼやけて、耳鳴りのように籠《こ》もった音になっていた。

ルームの中に一歩踏み出せば、重さの無い水の中に、歩いて沈んでいくような感覚だった。完全に、異世界に踏み込んだという自覚があった。

生者のものではない、つめたい、死者の側。

ごろりと生首が転がり出て、その目玉をぐるりと和仁に向けた。その様を視界の隅に捉《とら》えながら、和仁はゆっくり床に膝をついて、テーブルだと思われる黒い形の上にビールを載せていく。どういう仕組みか、異常の無かったビールは和仁の手が離れた瞬間に、ゆらめく影絵の一部になった。

そして和仁の目は、捉えた。

部屋の隅の、白い服を着た女の姿を。

左半分を失った、動く骸《むくろ》のような姿では、もうない。左右対称の肢体《したい》をして、髪の毛はさらさらと肩にかかり、俯《うつむ》いた顔こそぼんやりしているものの、きちんと目鼻の陰影がある。

プールの底のように、すべての動きがゆっくりだ。傍らの影絵が手を伸ばし、タンバリンだろう円形を、振る。

タンバリンの、金属がこすれる音だけが、水の中を星のように零《こぼ》れてきた。しゃらら、しゃらら、しゃらら……。

促《うなが》されるように、女の霊は白い顔を上げ、その黒い目でどこか遠くを見つめた。髪の毛からつま先までぼんやりと白く光り、表情はどこまでも無垢《むく》だった。

（いくのか）

和仁がそう思った、次の瞬間、消えた。

瞬きの刹那《せつな》に掻き消えた。最初から、そこにいなかったように。

厨房に戻ったが、あの霊の「成仏」を今教えたら、見回り以外で裏を覗いたことがばれてしまう。その後《ご》見回りに行く余裕ができることもなく、結局、午後十一時の退勤まで、和仁は黙っていた。

平日は午後十一時で閉店のあまやだが、週末は早朝五時まで営業している。花宮と雨宮、それから深夜番で出勤してきたスタッフを残し、桜田と和仁は退勤した。

事務所で制服を脱ぎながら、桜田が大きく溜息をついた。

「今日ちょっとしんどかったな」

週末の混雑にも波があるが、今日は特に激しかった。「お疲れ」と花宮がくれた飴《あめ》を舐めつつ、くたびれた様子の桜田は手早くジャージに着替え、時間を確認する。

「どうせ終電だし、俺ラーメン食ってから帰るけど、佐久くん行く？　腹減ったわ」

和仁も、貰った飴を即座に口に放り込むくらい、腹は減っていた。だが頷けなかった。

桜田はちょくちょく誘いをくれるが、バイトの外でまで、関わっていたくはない。

「あー……ありがとうございます、でもやめときます」

「おっけ。じゃーお疲れ」

「お疲れ様でした」

桜田を見送ってから、和仁も最後にウインドブレーカーを羽織って、事務所をあとにする。厨房に挨拶《あいさつ》しに顔を出すと、深夜にさしかかることもあってオーダーは落ち着いているようだ。

「お先に失礼します」

「はいお疲れー」

近くにいた花宮が、眼鏡のレンズを拭きながら挨拶を返してくれた。

エレベーターではなく階段を使い、一階に下りる。外に出ると、空気はむっと湿り気を帯びていた。七月が近づき、夏の気配が漂い始めている。

和仁は振り返り、未だ煌々《こうこう》と輝く看板を仰いだ。

十二号室から跡形もなく消えた女の霊。どの霊がどんな死に様でここに収容されることになったのかは何も知らない。だが半分に裂けた姿で床を掻く様は、さぞ無念を抱いて死んだのだろうと思わせる。

そんな霊でも、消えてしまう。存在が嘘《うそ》だったように一瞬で。

無念を晴らすわけでもなく、生者の馬鹿《ばか》騒ぎや鳴り響く音楽で、無念を削り取られていく。そうして、あんな無垢な――言い換えれば、無念をすべて忘れさせられた空っぽの表情をして、掻き消える。

それが霊にとって救いなのかどうか、和仁にはわからなかった。

どろり――土色の男が、眼窩から闇《やみ》を零した。

その様を視界の端に捉えながら、和仁は内心で問いかける。

お前はどうだ、と。

その手でおれを殺さないうちに、消えてしまうようなことがあったら。

(いや、違うな)

その場合救われないのは、……おれだ。

男が怨《うら》みを晴らすことなく姿を消したら、和仁は彼のことを、二度殺したような気分になる。

視界の端に入る男。どろどろを零し続ける眼窩はどこまでも昏い。四年も傍にあるほど和仁を怨み、けれど死んでしまったから和仁を殺すこともできず。そして雨宮の言葉が本当ならば、外から力をかけられて静かに、しかし確実に存在を削られる。

(かわいそうに)

不思議なくらい純粋に、そう思った。

土色の男も、怨みを晴らせず目玉をぶるぶるさせ続ける生首も、まっさらにされて消えていった女も。霊という存在はとても、あわれだ。

和仁はあまやに背を向けて歩き出す。土色の男も、無音の足音をともなって、ついてくる。

生きても死んでも、理不尽に存在を消されるというのなら、彼はなんのために生まれてきたのだろう。

（ぜんぶおれのせいで、かわいそうだ）

罪の意識と、憐憫《れんびん》が混ざり合って、胸の奥が冷たい。それをすべて呑《の》み込んで、和仁はのろのろと歩いた。

ぼとり、ぼとり、と幻聴が聞こえる。土色の男の眼窩からあふれた闇が、零れる音だ。

その理由だけははっきりわかっている。

夏が、近づいているからだ。

アスファルトには血と肉があった。

その血肉がさっきまで構成していた優しい人は、鉄塊に擦《こす》り潰《つぶ》されて喪《うしな》われた。

あるのはぬるい肉塊だけで。

でも彼は、和仁《かずひと》がいなければそんな姿にはならなかった。

皮膚《ひふ》は太陽に炙《あぶ》られて熱いのに、体の中が冷えていく。悲鳴が聞こえた。サイレンも聞こえてくる。そして、誰かの泣き声——

それを聞いた瞬間和仁は震える脚で歩き出していた。

優しい人に手を合わせることもせず。頭が真っ白のまま、それでも確かに自分の意志でその場から、逃げ出した。

□

自分のせいで誰かが死ぬのはもうごめんだった。

だから、他人と距離を取る。見ざる聞かざる言わざるはいい言葉だ。他人と関わりを持たないというスタンスを保つための合言葉のようなものだ。

ただし往々にして、不可抗力で見聞きしてしまうことはある。

和仁はファストフード店で百円コーヒーを冷ましながら、心持ち身をかがめていた。

パーテーションの向こうに座っている人影から、桜田《さくらだ》の声がする。

「だから、何も心配することないって」

声はかろうじて穏やかさを保っているが、明らかな苛立《いらだ》ちが含まれていた。タン、と安っぽいテーブルを打つような音もした。

「でも」

それに反論するのは、可愛《かわい》らしい響きの、女の声だった。こちらは不安げで、少し焦るような声色《こわいろ》だった。

「ほんとに何もないの」

「だから、あるわけないだろ？　そもそも学校出て連絡、バイト前連絡、バイト後連絡ってさせてるの、誰だよ。部活の飲み会も報告制で」

そこで特大の溜息《ためいき》を吐き、桜田が言う。

「浮気なんてしてる暇、俺にあるように見えるかよ」

その一言でことの全貌《ぜんぼう》が摑《つか》めてしまう。相手は話に聞いていた桜田の彼女。彼女に浮気を疑われる彼氏の図、だ。

彼女は言葉に詰まったようで、パーテーションの向こうに沈黙が訪れる。時計を見ると、午後五時半過ぎだ。シフトは六時からだから、今からあまやに向かうと、狭い事務所で時間を潰す羽目になる。かといってずっと座っているのも盗み聞きのようで据《す》わりが悪かった。

まずはこのホットコーヒーを飲み切ることに決め、和仁はようやく冷め始めた黒い水面に口を付けた。

「……うん、ごめん。わたしが悪かった」

彼女が細い声を出す。

「最近、なんだか不安で……」

桜田は「わかったならいいよ」と、苛立ちを収める方向のようだ。随分《ずいぶん》優しいことだと思う。浮気を疑われようものなら、譲らぬ舌戦《ぜっせん》の果てに人目をはばからない大喧嘩《おおげんか》になるものだ、というのは、和仁が学生生活の隙間《すきま》で得ている要らぬ大学生事情だ。

桜田は寛容で、彼女に「じゃあ食おう」と促《うなが》していた。今日桜田は、六時半からの出勤だった。三十分ずらしたのは彼女と会う時間を作るためだったのかと納得した。

「あ、ちょっと電話してくるね」

彼女がそう言って立ち上がった。桜田がそちらに気を取られている隙に、和仁もさっと立ち上がる。彼女は直接外へ向かい、和仁はゴミ箱に包み紙を捨て、そのゴミ箱の裏を通って、自動ドアをくぐった。

ドアを出てすぐのところに、彼女がいた。

さっさと立ち去るつもりが、彼女が電話なんてしていないことに気付いて、一瞬だけ目をやってしまう。

声の印象の通り、可愛らしい雰囲気の女子だった。ショートボブの黒髪は毛先がゆるくうねり、服装は清楚《せいそ》にひらひらしていて、メイクにも派手さは無い。精悍《せいかん》な桜田と並べば、さぞかし理想的な大学生カップルになるだろう。

彼女は両手でスマホを握り締めて、何かを堪《こら》えるように深呼吸していた。クールダウンの時間なのだ。垣間《かいま》見ただけでもわかるくらい、その表情はつらそうだった。

和仁は今度こそ目をそらす。桜田さんはあなたのことを、大事な彼女だって言ってましたよ——とか、教えてあげれば、彼女は少し楽になるだろうか。

けれどそれは、見ざる言わざる聞かざるに反する行為だ。

例えば今和仁がそれをして、彼女が本来戻るタイミングで店に戻らなかったために、入り口に落ちてきた隕石《いんせき》に頭をぶち抜かれて死んだりすることだってありえるのだ。

人が死ぬタイミングなんて一瞬だ。

和仁は彼女に背を向けて歩き出した。少し迂回《うかい》してうまく時間を潰して、あまやに向かった。


七月からシフトを増やしている。

月金土に加え、木曜日も基本的にシフトを入れる。小テストやレポートがある時は休むが、基本週四回の出勤にした。

毎日出勤直後に行う清掃は、曜日ごとに項目が違う。木曜日の出勤は二回目で、清掃項目にまだ慣れていない。確認をしてから清掃を始めようと思い、厨房《ちゅうぼう》の暖簾《のれん》をくぐったのだが、そこにいたのは知らないスタッフだった。

「おはよー、ございます……?」

「はざっす」

茶髪の男性スタッフは、和仁を見て会釈《えしゃく》をした。

「ヘブン南二条《みなみにじょう》店からのヘルプです。林《はやし》です」

「あ、どうも、佐久《さく》です」

あまやは形式的にはヘブンの系列店だから、度々《たびたび》ヘブンと人材の行き来がある。しかし急なヘルプということは、急なシフトの穴があるということだ。

今日の出勤、桜田が来ることはもうわかっているから、

「店長の代わりですか？」

「あたり〜」

林はびし、と佐久に人差し指を向けた。

「昨日いきなり佐藤《さとう》店長に言われて。花宮《はなみや》店長、何かあったんすか？　怪我《けが》？」

「や、何も聞いてないですね」

二人で首を傾《かし》げる。だがすぐに客が来て、とりあえず仕事を始めた。合間に自己紹介のようなものをする。林は大学三年生で、ヘブンのバイトは一年以上続けているらしい。受付は手慣れたものだが、あまやのヘルプはこれが二回目らしく、物の配置がうろ覚えだ。和仁はまだ二カ月の、新人扱いはされないがわからないこともあるという微妙な立場だ。慣れない二人で清掃しつつ、長く感じられる三十分を過ごした。桜田は午後六時半の時間ぴったりに、暖簾をくぐった。

「おはよーございます、林？　なんで」

挨拶《あいさつ》の後半から首を傾げだした桜田は、林とは知り合いのようだ。

「昨日いきなりヘルプ行けって言われた。花宮店長の代わり」

「店長が？　なんで」

「お前が知らねんなら、俺も知らんわ」

ひとまず客の入りはごく普通の平日で、特に忙しいこともなかった。機械トラブルも桜田が対処できるレベルのものだったため、実害は出ていないのだが、社員不在でアルバイトだけというのは、なんだか心細い。あまやは事情が事情だから、なおさらだ。視《み》えるだけの和仁と視えない桜田では、何かあっても対処できない。

もやもやしながら仕事をしていたのだが、九時を回ったところで、ぷっつりと仕事が絶えて時間が余りだした。

レジの中の金が合っているか確かめるレジ点検も終えてしまい、三人で厨房に立ち、冷凍ポテトを規定重量で小分けにする仕込み作業を始める。

黙々と仕事をするはずもなく、桜田と林の雑談に時折和仁が混ざるかたちで、三人は口と手を動かした。

「そういえば、雨宮《あまみや》ちゃんってまだいる？」

「おー、いるぞ」

「俺こないだ、彼女と別れたんだよ。雨宮ちゃんフリーなら、付き合ってくんねえかな。なー佐久くん」

「なんですか」

「雨宮ちゃん結構美人だよなー。髪とか化粧とか雑で、ちょっと陰《いん》キャくさいけど」

「はあ」

なんとなく、桜田の前でそういう話を振らないでほしいと思いながら、和仁は曖昧《あいまい》な声を出すにとどめた。

「雨宮ちゃんは、そういうことしねんじゃねえの」

桜田は呆《あき》れたような声でそう言った。

「そういうって、なに」

「そういう、軽いノリ」

桜田は一定のペースで冷凍ポテトを業務用大袋から摑み出しながら、林の顔は見ずに続ける。

「そう？　わかんねーじゃん」

「だって雨宮ちゃん、駅前店時代、なんで彼氏いないのって訊《き》かれて、好きな人がいないからって答えるような子だぜ」

「へえ?」

林が声のトーンを跳ね上げた。

「何それ。ピュアじゃん。そんなタイプだっけ? もっとツンツンしてる感じだと思ってた」

「お前心開かれてねえんじゃね。残念だったな」

桜田が少し笑って、和仁はその横顔と、夕方見た桜田の彼女の表情を思い出し、なんとなく微妙な気持ちを抱く。

そのタイミングで、雨宮がひょいと顔を出した。

「お疲れ様です」

三人とも心臓が口から出たかと思った。本人不在の場で話題に挙げていることを、異性に知られるのはまずいという、本能のような気まずさだった。

「どうしたの、雨宮ちゃん」

いち早く立て直した桜田が、雨宮に近づく。今日は木曜日だから午後十一時で店じまいだ。深夜番の出勤は無い。

「今日店長いないから、締め作業やりに。一時間だけ時給貰《もら》いに来た」

答えた雨宮が、厨房の中の林を見つける。

「林くん、ヘルプありがとう。わたし来たし、南二条店戻ってもいいよ」

「ああ、そう？　花宮店長の休みの理由、雨宮ちゃんは知ってんの？」

その問いに、雨宮はごく自然に頷《うなず》いた。

「うん。実家の急な仕事で、明後日まで出張だって」

実家、のところで、雨宮は桜田と和仁にちらりと目配せをした。それで察する。花宮一族本来の、裏の仕事があるのだろう。

だが裏を知らない林にとって、花宮は経営母体の親族でしかない。さらに雨宮は、花宮とは何の関係もない一スタッフだと思っている。雨宮が事務所に消えたあと、桜田にどん、と寄りかかる。

「うわ、何」

「えー、雨宮ちゃん、なんで急な仕事とか知ってんの？　そういやあまやに人員移動する時、花宮店長が真っ先に声かけたの雨宮ちゃんだったたって？」

そりゃ親戚だし、という佐久の内心の突っ込みが聞こえるはずもなく、林は楽しげに推測を口にした。

「花宮店長と雨宮ちゃん、もしかして付き合ってんの？」

「ちげえよ」

桜田が光の速さで否定した。

「えー、だって花宮店長、歳《とし》二十五とかじゃなかった？　アリだろ。しかもフラワーグループ社長の親戚とか、最高じゃん」

「だから、そういうのじゃないって。二人ともそんな様子ねえし」

「そりゃお前、店長と社員が付き合うなら隠れるだろ」

雨宮ちゃんって、付き合ったらどうなんだろうなあ――その林の楽しげな口ぶりには、男女のやりとりを邪推する含みがあって、和仁はさすがに眉をひそめた。

だが和仁以上に、桜田が嫌悪をあらわにした。

「お前、そういう勘繰りするのやめろよな。だからカノジョに振られたんじゃねえの」

その言葉に、林は少しむっとしたようだ。何か言おうとして、だがちょうど制服に着替えた雨宮が入ってきたため、口をつぐんだ。

「？　……どうしたの」

妙な空気を感じ取ったか、雨宮が眉を寄せた。雰囲気がざらつき始め、和仁は咄嗟《とっさ》に口を開いた。

「雨宮さん、ちょっとポスで訊きたいことあるんですけど、いいですか」

「ん？　いいよ」

桜田と林を厨房に残すのも不安だったが、ひとまず雨宮を遠ざけたかった。暖簾をはね上げて受付に立ち、口実ではあったがついでなので、ポスの再起動の方法を教えてもらう。そこでちょうど時計が午後十時を指し、「本日の受付は終了しました」の看板を、エレベーターと階段に立てに行く。

作業を終えて厨房に向かうと、林が南二条の店に戻ろうとするところだった。

「じゃあ、一応、お先です」

「ヘルプありがとう。佐藤店長によろしく伝えてください」

「じゃあな、林」

桜田と林は、先ほどのざらつきを感じさせない挨拶を交わしていた。そんなものだ。喧嘩するほどの関心も関係も、二人の間には無いのだろう。気持ちを落ち着けて、無かったことにするのが一番だ。

「今日一日、変わりなかった？」

「何も無かったよ。な、佐久くん」

「大丈夫でした。でも雨宮さん来てくれて心強いです」

「やっぱり社員がいないと、どうしても不安だよね」

「店長の出張、なんなの？」

「ほら、十二号室、今一霊《ひとたま》しか入ってないでしょ」

和仁が「成仏《じょうぶつ》」を目撃した、女の霊のところだ。

「そこに入る次の霊が決まったって。仙台《せんだい》から連れてくるみたい」

「仙台？」

和仁はつい声を上げた。

「なんでそんな遠いところから」

そこで雨宮は、あー説明していなかったことがまだあった、という顔をした。

「あまやが……京都の花宮一族の実験施設が、札幌《さっぽろ》にあるのは理由があるんだよ」

癖でメモ帳を取り出しかけた和仁だが、これは裏事項だからいいか、と思い直す。表の業務はメモを取れメモを取れと促されるが、裏業務はむしろ書き残さないでほしいようだ。花宮も雨宮も口頭で覚えろ、という雰囲気で説明をする。

「霊が残るのはやっぱり死んだ場所で、心残りがあるその場所だから。土地に染み付いちゃうんだよね。あと、霊が留まるのはタイミングとか運って説明は、された？　その運っていうのは土地にも関係があって、やっぱり陰気な土地だと、霊が留まりやすい」

雨宮は右の拳《こぶし》を左手で包んで、それから引き剝がすような仕草をした。

「だから、霊を、執着《しゅうちゃく》の残る土地から引き剝がすの。そうやってまっさらな土地に来たほうが、生者の陽気、あとは歌や音楽で、霊の未練を削っていくのがやりやすいから。あまやにいる霊は、たいてい本州から連れてきてる。関東と関西は花宮直轄《ちょっかつ》だから、東北とか北陸とかの、手が回ってない地方から」

「はあ。すごいっすね」

和仁は想像ができないという意味で「すごい」と言ったのだが、雨宮は別の方向で捉《とら》えたらしい。

「うん、すごい。そもそも霊を土地から引き離すなんて、並の術者にはとても無理な芸当だよ。連れてきた霊が、新しくここに染み付いてしまわないよう管理するのも。そのあたり、全部やっちゃう店長は、すごい」

心底の感服と、それから――ほんの少しの妬《ねた》みを声に含ませて、雨宮は目を伏せる。

「花宮本家の跡継ぎとして、才能も適性も申し分ない。店長はすごいよ」

その陰《かげ》のある表情は、先日雨宮が漏らした自己嫌悪からきているのだろう。才能に恵まれているが適性が無い。自分のことを役立たずだと貶《おとし》めた、震える声を思い出す。

なんと声をかけたらいいか、和仁が迷っているうちに、桜田が声を出した。

「店長いないなら発注しないといけないんじゃね。明日金曜なのに在庫切らしたら死ぬ」

「あっ？　そうかも」

「店長発注してくれてんのかな。事務所に発注書あると思う?」

「えー、急な話だったからな……ちょっと探してくる」

「俺も行く。佐久くん、ちょっと厨房頼むわ。なんかあったらすぐ呼んで」

「あ、はい!」

事務所へ向かう雨宮に続いて、暖簾を持ち上げた桜田は、和仁にちらりと目配せをする。任せろ、とか、大丈夫、とかの意味だろう。

すごいな、と素直に思った。結構闇《やみ》の深い自己嫌悪から、雨宮の気をそらす呼吸やタイミングを摑んでいる。桜田と雨宮の付き合いは三年目だと言うから、大学一年生から今まで、同じように働いているのだろう。互いのことをよく知り、信頼しているのは、傍《はた》から見ていてもわかる。

そして、ふと頭をよぎるのは、出勤前に聞いてしまった会話だった。

……もしかして、桜田の彼女が桜田にかけた浮気疑惑の相手は、雨宮ではなかろうか?

別に予想したわけでもなく、予想的中させたかったわけでもないのだが。

退勤後、和仁は、自分の頭によぎった考えが大正解だったことを知ってしまった。

「あまやのスタッフの方ですか?」

「……はい」

ビルを出て数歩歩いたところで、例の彼女に呼び止められた。相手を一方的に知っているという罪悪感のため、「いや客です」などと嘘《うそ》も吐けず、和仁は頷くしかなかった。

（彼氏のバイト先にまで来るって、ちょっとやばいのでは）

だが、さほどやばい事情ではなかった。彼女は今晩友達と札幌駅で飲んでいて、思いのほか早く解散となったため、せっかくなのでバイト終わりの彼氏と一緒に帰りたかったと、こういうことらしい。だが二十三時を過ぎて、バイトらしい男が一人出てきても彼氏は出てこない。勤務中はスマホ禁止のため、連絡もつかない。そこで、同じバイトらしき人物を呼び止め、彼氏の帰りが遅れている事情を訊こうとしたというわけだ。

その事情というのが少しまずいな、と和仁は思った。店の締め作業をする雨宮を手伝うと、桜田が申し出たのだ。霊を苦手とする雨宮を、深夜に独りで残さない配慮だと、あからさまにわかった。それは純然たる優しさで、親切心で、仲間意識だ。そのはずだ。

ただ、あまやの業務の特別性も、雨宮の根深い自己嫌悪も知らない彼女に、それは通用しない。進んで女スタッフと居残りをするという行動を、怪しむなというほうが無理だった。

（だからって、どう説明すればよかったんだ……）

頭を抱えつつ、和仁は札幌駅高架下、二十四時まで営業しているカフェに座っていた。

正面には勿論《もちろん》、桜田の彼女がいる。

「突然ごめんなさい。改めて、菅原瑠衣《すがわらるい》です。桜田一誠《いっせい》の、彼女です」

「はあ……佐久です」

丁寧に頭を下げられ、和仁もぺこりと会釈を返す。

どうしてこんなアクシデントが起きているのかと、和仁は内心で嘆《なげ》いた。

(いや、これはおれ主導のアクシデントじゃない……この彼女さんが、自分で起こしたんだ。だから、大丈夫。大丈夫)

自分に言い聞かせながら、和仁は迷惑料としておごられたカフェオレに口を付けた。

「店長さんが出張、急な締め作業……手伝い……二人で……」

菅原はぶつぶつと、和仁の説明を反復している。やましいところは何もないのに、和仁は逃げ出したい気持ちだった。

「……その雨宮さんって、名前、よく見ます」

「見る?」

聞く、じゃなくて? と和仁が首を傾げると、菅原はこくりと頷く。仕草だけは大変可愛らしかったが、

「ラインの画面で」

と言われ、再びぞっとする。

スマホ確認。ライン監視。束縛か。

「あっ大丈夫、公認ですよ、ちゃんと！」

和仁の引き姿勢が伝わったか、菅原が慌てて身を乗り出しかけた。

「あ、はあ……」

「わたしのスマホだってちゃんと見せてます。合意です」

見せ合うことの合意を求める時点で、だいぶ束縛だ。そう思うのは狭量だろうか。

（桜田さん、すげえ）

そういえば出勤前の会話では、飲み会が報告制と言っていたか。和仁だったら耐えられない。和仁は内心で桜田に拍手を送った。

「バイト同期で、一年生からずっと駅前店で働いていて、こっちに移る時も一緒で……そんなの、わたしより一誠と一緒にいる時間、長い」

「ええと、そうなんですか」

「学校、別ですもん。わたしは保育の専門で……」

菅原は努めて平静な顔を作りながら、それでも耐えられないというように溜息を吐く。

「わたしたち高校が北見《きたみ》で、三年間同級生だったんです」

「はあ」

「わたしから告白して、高三から付き合い始めて。一緒に札幌に出てこれるの、ほんとに嬉《うれ》しかったんです。でもわたしは下宿だし、一誠は寮だし。不安で……最近、ほんとに駄目で」

目の前のミルクティーに口を付けず、綺麗《きれい》に塗った爪に視線を落としながら、菅原は何かを迷うように言葉を詰まらせた。和仁は嫌な予感を覚えたが、この場を逃げ出す方法がさっぱり思いつかず、ひたすらカフェオレを飲んだ。

「いきなりこんなこと伺うの、本当に申し訳なく思ってます。でも……佐久さんから見て、一誠、浮気してるように見えませんか？」

「見えません」

一応ここは即答しておく。

「ええと、大丈夫だと思いますけど。桜田さん、あなたのこと大事な彼女だって、言ってましたよ」

いつかの会話を思い起こし、和仁はフォローのようなものを試みた。あわよくばこれで彼女に安心してもらい、この場から解放してほしかったのだが、無理だった。

菅原は思いつめた瞳で、和仁を見つめ続けている。

「お願いがあります」

嫌だ、という暇《いとま》を与えず、菅原は言った。

「一誠のこと、少し、見ててほしいんです。雨宮さんと何かあったら……教えて、ほしい」

何かってなんだろう。と、和仁は溜息を堪えた。何かって何とか、教えろってどうやって、とか、言いたいことはあるが、これ以上会話を広げたくなかった。そろそろ眠いし、腹が減っている。早くアパートに戻って、ご飯に味噌汁《みそしる》をぶっかけて流し込んで寝たい。

「はあ。おれにできる範囲なら」

そう言うと、菅原は少しだけほっとしたように、表情を緩《ゆる》めた。

「……ありがとうございます」

店は閉店十五分前のラストオーダー時刻を過ぎ、店員が片付け準備を始めている。そろそろ帰っていいかと、カフェオレを一気にあおった時、菅原のスマホが鳴った。

「一誠からです」

と、尋ねてもいないのに教えてくれて、スマホの画面を向けてくれた。

『締め作業手伝ったから今バイトあがった　そっちは飲み楽しかった？　おやすみ』

「ヘブンからあまやに移って以来、たまに、締めとか残業とかで、遅れることがあったんです。その時も……その相手、雨宮さんだったのかな」

さあ、そこまでは、と和仁は言葉を濁《にご》すが、多分そうだったんだろうなと思った。閉店まで残るのは、たいてい花宮か雨宮だ。締めは二人体制の時と、一人体制の時がある。桜田が夜番の日に、雨宮が深夜一人になるというなら、きっと手伝っていたはずだ。

菅原は、別れ際には笑顔を作り、「おやすみなさい」と、終電間際の駅西口に吸い込まれていった。

和仁の腹はカフェオレでは満たされず、きゅうきゅうと切ない音を立てていた。花宮が事務所に置いている飴《あめ》を取らずに来たことを後悔する。さすがにつらいかもしれない、と、和仁はあまや方面へ足を向け、あまやのさらに奥側にあるコンビニへ行った。百円の惣菜パンをイートインコーナーで頬張《ほおば》る。自宅まで歩くエネルギー補給だ。

食べ終えてゴミを捨て、ついでにトイレに行く。イートインコーナーと店のフロアを仕切る雑誌棚を眺めつつ、出入り口に向かうと、自動ドアが開いて女が一人、入ってくるのが見えた。

(雨宮さん)

和仁は咄嗟に、足を止めて顔を俯《うつむ》かせた。

雨宮はレジに直行し、コーヒーを注文していた。レジ横の機械で熱いコーヒーを手に入れた雨宮は、まっすぐイートインコーナーに進んだ。

ガラス張りの一画の、カウンターのような席に座った雨宮は、和仁に気付いていない。

夏だというのに、凍えた人のような仕草で、コーヒーを両手に包み込んでいる。

俯いた頭と、丸くなった背中が、ひどく頼りなかった。

（……また、落ち込んでんのかな）

桜田が締め作業の手伝いを申し出た時、雨宮が少し息を吐いたことに気付いていた。安心したのだろう。それで、安心した自分にまた失望して、こうして沈み込んでいる。

声をかければいいのだろうか。桜田のように上手なやり方は知らないが、深夜に一人で苦しんでいる人を放置するよりは、下手でも近くにいたほうが——

どぽり。

足元に、闇が落ちた。

（いや、駄目だ）

和仁は、どぽどぽと眼窩《がんか》から闇を落とす男を真横に立たせながら、そう思った。

声をかけてどうする。どうせ何もうまくいかない。かえって雨宮を苦しめたらどうする。

それに、和仁が話しかけたせいで、雨宮の帰宅時間が本来のそれとずれて、それで、帰り道で雨宮に何かあったりしたら。

（お前は何もするな）

そう自分に言い聞かせた。

お前はそこにいろ。動くな。独りでいて、独りで、死ね。

和仁は音を立てないように歩きコンビニを出て、雨宮の前のガラスを通らないよう、裏を回って家路を辿《たど》る。

傍《かたわ》らの男は沈黙したまま、和仁の背に寄り添っている。

□

「三階閉鎖？」

翌日和仁はビルに入り、二階へ上る階段へ足をかけた時、その張り紙に気が付いた。

本日店舗事情により、三階フロアを閉鎖し、二階のみでの営業となります。お客様にはご不便をおかけし云々《うんぬん》と、Ａ４の紙がそう言っている。エレベーター横にも同じ紙があった。

事務所で着替えて「おはようございます」と厨房に入る。今日は雨宮と、穂積《ほづみ》という女性スタッフがいた。二十五歳フリーター、高卒で就職するも二年で退職。再就職活動に飽きたため、三十歳までは気楽なバイト生活を謳歌《おうか》するという。進学校に通い大学に入り、新卒で就職するのが一般的だと思っていた和仁にとって、カルチャーショックの塊《かたまり》のような人物だ。名札に青いラインは無い。表スタッフだ。

「おはよー、佐久くん」

あまやスタッフの中では一番明るい茶髪で、髪色に負けない華やかな顔立ちをしている。パーマをかけたロングヘアを、勤務中は黒いバレッタで留めていて、今日のバレッタには蝶《ちょう》の飾りが付いていた。

「おはようございます」

「今日店長いないし、三人シフトだから、三階閉めて二階だけでいいって。やったね」

確かに混雑が激しい金曜日に、三人で店を回すのは無理だ。団体予約も無かったためできる縮小営業である。金曜日に楽できるのは少し嬉しい。雨宮とも挨拶を交わし、和仁は手洗いをして仕事にかかった。

そろそろ混雑時の厨房にも慣れてみるかと、和仁は今日はドリンカーを任された。調理台の奥でジョッキとリキュールとドリンクバー機械に囲まれ、注文されたドリンクをひたすら作り続ける役だ。作り方を間違えやすいものは、「赤ワイン＋コーラ」のように書かれたラベルが、ドリンカーの目の高さに貼《は》ってある。

だが間違える時は間違えるのである。

「佐久くんこれ、ジンジャーじゃなくてソーダじゃない？」

「えっあ、あ？　そうでした！」

穂積がトレイにドリンクを載せたまま帰ってきて、何かと思えばたいてい和仁のミスだった。今日は階段の上り下りが無いとはいえ、だいぶ無駄足を踏ませている。

客の波が落ち着いた頃、和仁はさすがに少し落ち込んだ。

「あの、すみません、穂積さん。今日おれ間違えまくりで」

「いいよー、最初はみんなそんなもんよ。忙しいとわけわかんなくなるよね」

と、穂積はからからと笑って手を振った。

「わたしなんか、焼酎《しょうちゅう》の水割りなのに焼酎入れ忘れたり、ウーロンハイに焼酎入れ忘れたり、めちゃくちゃやったよ。それに、持っていく前に気付けないわたしも責任あるしね。気にしないで」

その明るさにほっとする。

この店のスタッフはみんな、良い人だ。怒鳴られたり嫌味を言われたりしたことがない。特に表の人たちは明るくて、さっぱりしていて、それがありがたい。

多分花宮が、そういう人たちを選んでいるのだ。間違っても霊に目を付けられたり、霊のせいで体調を崩したりしないよう、芯《しん》から強く明るい人を選んでいる。

多分、「視える」側でなかったら、花宮は和仁を選ばなかっただろう。

（おれとは、全然違う）

こんな、鬱屈《うっくつ》したクソみたいな囚人《しゅうじん》もどきとは、世界が違う。

足元に凝《こご》る闇に、ずぶずぶ沈んでいきそうで、和仁は頭を振った。勤務中に落ち込んだりなんかして、迷惑をかけたくない。

あっという間に満室になり、その状態のままで午後十時を回る。その時刻になるとオーダーも落ち着いてきて、厨房では一息つき、受付の雨宮も待ち時間の管理をするだけで、少しは手を休めることができているようだ。

そこで和仁は気付いた。

今日は見回りがちっともできていなかった。今からやろうにも満室で、覗《のぞ》けるルームはひとつもない。

受付に出ると、受付前のソファベンチに、カップルが二組座っている。ルームの空き待ちだ。和仁は雨宮にそろっと近づいた。

「ん、どうしたの」

「あの、今日見回り全然してないですけど、大丈夫ですかね」

ああ、と雨宮は頷いた。

「大丈夫だよ。今は満室だし」

言って、雨宮は少し声を潜めた。

「お客さんがいて、がんがん歌ってる時は、ルームの『裏』には重石《おもし》が乗っかってるみたいなものだから。『成仏』しない限り、ルームからは出られない。脱走するのはお客さんがいなくて、表と裏の仕切りがめくれやすくなってる時だけ。だから今は大丈夫」

「はあ……そんな、もんですか」

「店長が、そういう風な仕組みを、あまやに施《ほどこ》してるからね」

それにしたって、せっかく霊になっているのに、人がいるだけで何もできなくなるなんて。

(かわいそうにな)

「あ、佐久くん、ごめん」

ふいに雨宮が声を上げた。

見れば、通路奥のルームから客が三人、けらけらと笑いながら出てきたところだった。

「待ちのお客さんすぐ案内するから、クリーン行ってきてくれる?」

「わかりました」

和仁は厨房に戻り、クリーンに使う道具を持って取って返す。

雨宮が酔っ払いの会計に手間取っているのを横目に、和仁はそっと、つま先を床に打ち付けた。

右足二回、左足一回。ノックをして、息を止めてゆっくりとドアを開く。

怪しまれないよう、ためらわずに中に入ると、重さの無い水の中に入るあの感覚が、全身を浸した。

黒い影のようになっていても、いつもの感覚でテーブルは拭けるし、機械リセットもできる。テーブルの上のジョッキを下げる時、持ち上げると透明なガラスの姿を取り戻し、トレイに置くと影絵に戻るのが面白い。

そうして和仁は作業をしながら、じっと、暗がりに目をやっていた。

そこにいるのは、両足が変な風に折れ曲がった女。それから、宙に浮いた両手と口だ。

女は、輪郭《りんかく》を揺らがせながら、うう、うう、と呻《うめ》く。

宙に浮く口は、口元に持ってきた両手の爪を、ひたすらに噛《か》んでいる。かりかりかりかりかり、かりかりかり、と、本能が不快を訴えるような歯の音が聞こえてきそうだ。爪をいくら噛んでも血が出ることはなく、そのかわりに、両手の指先が錆《さ》びた鉄のようにぼろぼろと崩れ始める。だがその指先は気付けば元に戻っていることを、和仁は知っている。

相変わらず裏側は、死に満ちている。

その死の気配が、なんだか――きもちいい、なんて。

(……もう、何回目かな)

和仁の、これは、花宮にも言えない秘密だった。

町を歩き、気楽な知り合いと授業を受け、優しい人たちに囲まれてバイトをして。すぐ傍《そば》に、闇を落とし続ける男を立たせている自分が、ひどく場違いだと感じていた。死に纏《まと》われた自分がこんなところにいることが、申し訳なくて、息苦しい。

ルームの裏側は、そんな和仁にしっくりと馴染《なじ》んだ。息をする度に冷たくなっていく指先も、おどろおどろしい死者も、傍らにある土色の男も。すべてが、自分の身の丈に合ったものだと思える。

これがちょうどいい。ここが、いい。

惜しいのは、クリーンの時に入る程度だと、長居ができないことだ。手早く仕事を済ませなければみんなの迷惑になる。

和仁はこの場を、自分の感覚を安定させるために使っていた。あたたかい場所を逃れて、冷たさを思い知る。

ここが本来のお前の場所だと、そう刻み付ければ、他人と距離を取ることが、ごく自然にできるのだった。

――ルームの『裏』は、いたずらに覗かないこと。

花宮の忠告が頭をよぎる。一応普段は、厨房の目が届かない三階でしか、裏に入らないようにしている。だが今日は花宮が不在だ。

平気平気、と口の中で呟《つぶや》き、クリーンを終えて和仁はルームを出た。

「何やってるんだ」

途端に浴びせられた声に、和仁は肩を震わせた。

そろり、と視線を向けると――花宮が、眼鏡の奥からつめたい瞳で、こちらを見ていた。

「……ええと、店長、お帰りなさい」

「ああ」

「……出張、明日までじゃなかったんです?」

「札幌仙台なんて、その気になれば日帰りできる」

花宮はスーツ姿だった。眼鏡を外していないのに、声からも表情からも接客スイッチを切っている。激怒かも、と和仁は冷や汗を垂らした。

花宮はさっと和仁を睨《ね》めつけたあと、背を向けて「清佳《せいか》」と声をかけた。

「あれ、店長?　お帰りなさい、一日早いですね」

「うん。でも今は、様子見に来ただけ。今日の深夜番は足りてるんだよね」

「大丈夫なはずです」

「じゃあ悪いけど、おれ二十三時でちょっと抜けるから。飯行ってくる」

会話する二人の脇を、和仁はそろりと抜けて厨房に入った。お疲れ、と声をかけてくれる穂積に返事をしながら時計を見る。二十三時の退勤まであと三十分弱。その間じゅう、みっちり説教かもしれない。それどころか、

(――クビ?)

ざわ、と、内臓が冷えていった。

勝手な話だとは思うが、ここを辞めるのは――嫌だ。

だが和仁のびくつきとはよそに、残り時間は何事もなく過ぎていった。特筆事項は、さっき作り方を間違えたドリンクを、それ以降は正しく作ることができたこと、くらいだ。

深夜番が出勤してきて、退勤の時間になる。だが退勤のためには事務所に行かなければならない。穂積と共に和仁は、おそるおそる事務所の扉を開けた。

「失礼します……」

「店長、仙台土産《みやげ》は?」

「ずんだせんべい」

「うーん、地味」

「だまらっしゃい」

穂積と店長は、そういえば同い年なだけあって気安い仲らしい。これ幸いと、こそこそと退勤打刻をして、和仁は着替えが入ったバッグを摑もうとした。

「佐久くん。ちょっと」

勿論許されるわけもなく、こちらを見もしない花宮に制された。

「……はい」

「え、なんですか、説教？　今日佐久くん、めちゃくちゃ頑張ってたんですよ？」

「穂積さん、いいから。早く着替えちゃって」

「はーい」

穂積は良い返事をして、事務所の一画をカーテンで区切り、その向こうで着替え始めた。

ただでさえ狭い事務所はより狭くなり、和仁は身動きも取れず、花宮の前で神妙に立った。

だが花宮は話を始めることなく、「ん」と、いつもの飴を差し出してきた。

「あ、ありがとうございます」

受け取り、無言の圧力を感じて、飴を口に放り込む。それを見届けた花宮が口を開いた。

「明日、何か予定ある？」

問われて和仁は、首を横に振った。明日は土曜日。少し課題を進めたい他は、夜のバイトまで、特に用事らしい用事はない。

花宮が頷いたところでカーテンが開き、パーカーとスカートに着替えた穂積が、「狭いんですけど」と文句を言いながら、ラックの下から靴を取り出した。

お疲れ様です、と穂積を送り出せば、二人きりだ。いよいよか――と覚悟を決めた時、花宮が立ち上がった。

「ほら、佐久くんも着替えて。明日何もないなら、少し遅くなってもいいよね」

「え?」

花宮は眼鏡を外し、いつものそっけない表情で言った。

「ごはん、行こう」


札幌駅周辺は、深夜に食事ができる店が案外限られる。ファストフード店やファミレスは二十三時までに閉まってしまい、残るのは居酒屋やバーばかりだ。

「未成年を居酒屋に連れ込むの、まずいかな」

そんなことを言いながら、花宮は駅西口にある比較的大きな居酒屋に和仁を連れてきた。

「飲まなきゃ大丈夫か」

と自己完結した花宮が、なぜか店員呼び出しボタンを押してから和仁にメニューを寄越してきた。正直食べる気分ではないが空腹は空腹で、和仁はやってきた店員に向かって、チャーハンを指さした。

「鮭《しゃけ》チャーハンひとつ。土手焼きひとつ、卵焼きひとつ。ウーロン茶と、ノンアルビール。以上でお願いします」

和仁が何か言う前に、花宮がさらっと注文してしまう。

店員が去ったあと、花宮はおしぼりで手を拭きながら、大きく息を吐いた。

「ああー……疲れた」

「……お疲れ様です」

スーツの上着を脱いで、花宮がごきごきと肩を鳴らす。

「大変でしたか」

「そらもう。仕事だけならいいけど、本家の人間と顔合わせなくちゃいけないの、最悪」

「え、でも」

和仁は、雨宮の話を思い出した。花宮本家の跡継ぎとして、才能も適性も申し分ない、と。

「跡継ぎ……なんですよね？」

和仁に対し、花宮は乾いた笑いを漏らした。

「一応ね。でも——当代が死ぬまで、おれは戻らない」

ひどく昏《くら》い声だった。和仁は少しぞっとして、おしぼりを握り締めた。

店員がやってきて、ジョッキをふたつ置いていく。花宮はノンアルコールビールを二口含んで、唇の泡を指先で拭《ぬぐ》った。その時にはもう、いつもの花宮の顔だった。

「昨日、何か変わったことはなかった？」

「夜番は何も。多分朝も大丈夫だったと思います。引き継ぎ事項、何も無かったので」

「よかった。うちの子はみんな優秀だ」

花宮は満足げに頷いて、またビールを含んだ。

和仁もウーロン茶に口を付けた。

「佐久くん、自分が痩《や》せてること、気付いてる？」

「え？」

「お待たせしましたー。チャーハン、卵焼き、土手焼きですー」

店員が料理を並べていく。その間に和仁は問われた内容を理解し、花宮に向かって曖昧に笑った。

「ええと、体質なんです。夏になると体重落ちるの、いつものことです」

ああでも、と、和仁は目を伏せた。去年までは両親が同じ屋根の下にいたため、最低限の三食は食べていた。だが今は咎《とが》める人がいないから、段々食事の準備をする回数が減っている。今の季節、バイトが無い日は、昼過ぎに適当パスタでもかきこめば、寝るまで空腹を感じないのだ。

確かに、去年よりは体重が減っているかもしれない。つらつらと考えているうちに、和仁は、チャーハンの皿に卵焼きが半分載っていることに気が付いた。

「あ、え?」

「卵焼き、好きだけど大きいんだよね。食べて」

「いや、おれは別に」

「食べろ、若者」

ずい、と皿を押し出され、和仁は仕方なしに箸《はし》を取った。もぞもぞと噛んでいると、美《お》味《い》しい、とは感じる。自分が適当に処理した食べ物ではなく、自分ではない誰かが自分のために手をかけてくれた料理は、それだけで美味しいものだ。

はっとした時にはチャーハンを半分以上食べ進めていて、卵焼きはもう無くなっていた。拒否した手前なんとなく恥ずかしかったが、花宮は気にした風もなく、ビールと土手焼きを交互に口に運んでいる。それを見て、和仁ももう一度、食べることに集中した。

最後の一口を運んだ時、花宮がぽつりと言った。

「——裏側なんて、いいもんじゃない」

和仁は黙って咀嚼《そしやく》を続けた。花宮は和仁に目線をやることなく呟く。

「なんで、あんなことしてるの？」

「……なんと、なく」

本当のことは言えず、和仁は曖昧に濁した。小学生じゃあるまいし、これで見逃されるはずもない。追及を覚悟して身を固くしたが、花宮は「そう」と言っただけだった。

「……えと、クビですか」

「え？　なんで、まさか」

「指示に従ってないから……」

花宮は最後の肉のひとかけを飲み込んで、ゆっくりと和仁を見た。

「うん。おれ、注意はしたんだよね。裏を無駄に覗くなって。なんでだと思う？」

「……危ない、から？」

まるで先生と小学生の問答だ。これで目をそらしたらいよいよ自分が小学生のようで、和仁は懸命に花宮に視線を向け続けた。

「ほら、疑問形だ」

花宮はなぜか少し笑った。

「おれ、なんで危ないかを説明したこと無いんだよね。みんなが自分で、危ないと感じるから。吊り橋から下を覗《のぞ》き込んだ時みたいに、当たり前の恐怖とか、危険だっていうのを、理解する。でも佐久くんは、裏を『危険だ』と感じないわけだ」

はい、と頷くのはさすがに気が引けて、和仁は曖昧に顔を傾けてみせた。

「吊り橋の下を覗いちゃいけない理由は、怖いからとか、落ちるかもしれないから、とかあるけど、それは自分で感じるものなんだ。それを感じない人に、お前は平気だけど覗いちゃ駄目だ、なんて言っても、そいつが守るわけない」

だから、と花宮は、ジョッキを持ち上げて喉《のど》を湿らしたあと、言った。

「吊り橋から落ちかけて、自分で『怖い』っていう気持ちを覚えるまで、多分佐久くんには、何を言っても意味が無いんだ」

それは——見放されているのだろうか。

和仁は急に、腹が熱くなった気がした。これは、怒り?

見捨てられて怒るなんて、今度は反抗期のどうしようもないクソガキか。和仁は必死に堪えて、お冷《ひ》やを手に取る。

それを飲む和仁に、花宮はでも、と声をかけた。

「今度から、十二号室は駄目だ」

「え？」

「今晩、新しく迎えた霊を収めるけど……十二号室の裏には、もう入るな」

花宮にしては珍しい、揺らぎない命令調だった。

理由を尋ねればよかったのだろう。けれど腹の奥の、大人げない熱さが、和仁の口を邪魔した。そうしているうちに、花宮の社用携帯が鳴る。

「あ、ごめん。もう行かなくちゃ」

花宮は立ち上がって伝票を持ち、さっさとレジへ行ってしまった。和仁は慌てて、端数だけでも出そうと花宮を追ったが、追いついた時にはカードでの支払いが終わっていた。

「……すみません。ごちそうさまでした」

「どういたしまして。付き合ってくれてありがとう。気を付けて帰って」

花宮はスーツの上着に袖《そで》を通し、あまやのほうへ足を向けたが、ぴたりと立ち止まって懐《ふところ》を探った。

「飴もう一個渡しておく」

「え」

「この飴、守りの飴だから」

和仁が差し出した手に、花宮が自分のてのひらを押し付けるようにして飴を乗せた。

「鉄分補給の飴みたいなもん。スタッフの子に、少しの守りと、少しの耐性をあげられる」

佐久くんが怖くないのは仕方ないけど、と花宮は呟いた。

「この施設、まだ始動して一年なんだ。スタッフたちに何か影響があるかもわからない。まだ何も起きてない以上、おれができるのは、こういう小さいことだけだから」

あまやに戻っていく後ろ姿を見送りながら、和仁は渡された飴の薄紙を剝《む》いた。

飴はまんまるで、薄い桃色をしている。口に押し込むと、馴染んだほのかな甘さが広がった。守りとか耐性とかよくわからないが、優しい味だと思う。

和仁は、拗《す》ねた子供のような気持ちを抱えながら、舌の上で甘さを転がしつつ、家路についた。

□

次の日、毎週土曜日は出勤している桜田がいなかった。

「今日、桜田さん休みなんですか。珍しいですね」

混む前に清掃を終わらせてしまおうと、受付の道具を拭き上げながら、和仁は呟いた。

特に反応を期待していたわけではなかったが、隣にいる雨宮はさらりと返した。

「今日は彼女さんとの記念日のはずだよ」

「は？」

「付き合い始めた記念日？　毎月十八日開催、だったっけか」

「毎月？」

月命日みたいだな、と言いそうになって呑《の》み込んだ。さすがに失礼だと思ったのだが、

「失礼だけど、毎月祝ってるってなると、月命日みたいだよね」

と雨宮が言ってのけたので、つい噴き出してしまった。

「雨宮さんは桜田さんの彼女、見たことあります？」

「ヘブンの時に何回か来てたかな。可愛い子だよ。ニコニコしてて」

雨宮は他意無くそう言っているように見えた。その可愛い子から、浮気相手に疑われてます、とは言えず、和仁は適当に相槌《あいづち》を打っておく。

そうしているうちに、エレベーターで花宮が上がってきた。

「お疲れ」

「お疲れ様です」

雨宮の横で、和仁もぺこりと頭を下げる。

花宮は昨日和仁と別れたあと、店に戻って連れてきた霊の収容をし、退勤したのは朝五時の閉店作業をしてからだという。顔に少し疲れが見えた。手にしたビニール袋には栄養剤が透けていた。

「清佳、佐久くん、ちょっといい」

花宮が事務所を指す。二人は顔を見合わせて、一度厨房に戻った。中には相川《あいかわ》と、山本《やまもと》という大学二年生の、二人の表スタッフがいる。

「ちょっと店長に呼ばれたので抜けます」

「はーい」

相川が手を挙げたのを確認してから、二人は花宮を追って事務所に入る。

花宮は栄養剤のキャップを開けていた。小さなボトル缶を一息で空け、唇を指先で拭いつつ、花宮は言った。

「清佳、今日も受付でしょ？　極力十二号室が空かないようにしてくれるかな。できればテンション高めの酔っ払いを突っ込んでほしい」

「十二ですか。わかりました」

「佐久くん。十二号室周りで何か変化を見つけたら教えてくれる？」

「はい」

十二号室。昨晩新入りが入ったルームだ。

「先に言っておくけど、新入りが少し、厄介《やっかい》かもしれないんだ」

「厄介？」

雨宮に聞き返され、花宮はがりがりと頭を掻《か》いた。少し苛立っているようだ。

「あの糞《くそ》本家が、一年何事も無かったからって、今までとは違う霊を押し付けてきた。おれも仙台に行くまで知らなかった……みんなには、特に裏スタッフには申し訳ないと思ってる。何かあったら、すぐおれに教えて。あと飴、マメに食べて。表の子にも伝えて」

「わかりました」

雨宮が頷き、和仁もそれに倣《なら》う。

今までとは違う。何が違うのだろう、と気になって、花宮に尋ねてみようとも思ったが、そんな暇は無かった。週末の混雑を捌《さば》くので精一杯である。

和仁はドリンクやフード作りを手伝いつつ、デリバリーに走り回った。心底思うのは、トレイにぎっしり載ったジョッキを、頼むから勝手に持っていくなということだ。ひとつ取られただけでバランスが崩れて、あわやトレイ完全転覆《てんぷく》の危機である。

（おれが置くまで待て！）

心の中で、全力で叫ぶ。

だが客たちは、スタッフがトレイのバランスと戦っていることを知るはずもない。酒が入って大笑いする人たち、床を踏み鳴らす人たち。音楽が鳴り響いて、上手《うま》いとか下手とかわからないくらいの大声で歌う。

この圧倒的な馬鹿《ばか》騒ぎが、多分、死者に、思い知らせるのだろう。

死んだお前にはもう、歌うことも踊ることも、何も、できないのだと。

(まあ店員からしたらまじで全員酒飲んだ猿《さる》にしか見えないんだけどな！)

胸の中で毒づきながらビールジョッキを配り終え、和仁は厨房へ戻った。同時に雨宮も、ふらりと暖簾をくぐって戻ってくる。

「お疲れ様です」

「声張りすぎて喉にきた。水ほしい」

雨宮がぐったりした様子で、ドリンクバー機械から水を注いであおった。

雨宮は地声は全く大きくない。受付の時は通る声を出しているが、結構無理をしているらしく、何度か水を飲みに来る。そうしているうちにエレベーターの到着を知らせる音がして、まだグラスに水を残している雨宮に向かって、和仁は「おれ出ます」と暖簾をくぐった。混雑を捌くのはまだ無理だが、受付だけなら普通にできるようになっていた。機種指定の部屋空き待ちの客はおらず、満室にはなっていないから、複雑な部屋回しは考えずともいいはずだ。

「お待たせいたしまし、た」

受付に立ち、客の顔を見て、和仁は声を止めた。

「お疲れ。空いてる部屋ある?」

桜田が笑顔で立っていた。勿論傍らにいるのは、菅原だ。

「えーと、お疲れ様です」

「彼女と来てみた。部屋空いてなかったら帰るけど」

「や、大丈夫です」

菅原はぺこり、と頭を下げた。ものすごく気まずそうな顔をしている。先日顔を合わせていることは、桜田の前では言わずにいたほうがいいか。和仁は初対面のふりをして軽く笑って、会釈してみせた。

「飲み放題付けません?」

「ごめん、飲んできたからドリンクバーでいいや」

確かに、桜田の声はいつもより大きい。酔っ払い特有の大声だ。それでも理性はしっかりしていて、サクサクとコースや時間を決める。ドリンクバーのグラスを渡して二人を送り出した。厨房に戻り、「桜田さんが十四号室入りました」と伝達する。

「まじで。彼女と？」

「そうみたいですよ」

「乱入してやろうかな」

相川がニヤリと笑い、和仁はやめときましょうとたしなめた。

そうしているうちに雨宮が復活した。再び忙しく働きまわり、仕事が落ち着いたのは午後十時の手前だった。

花宮に指示され、トイレ清掃のためにエプロンを脱ぐ。ゲロられていないことを願いながら、和仁はアルコール製剤を持って三階へ上った。

女子トイレは運よく無人だった。幸い吐瀉物《としゃぶつ》は無く、鏡や便器周りを拭いて終わった。満室状態だからか、霊たちも脱走する暇はないようだ。

和仁が女子トイレを出ると、目の前に人が立っていた。

「あっ、失礼しました」

反射で軽く頭を下げる。だが同時に「佐久さん」と呼ばれ、顔を上げると、そこにいたのは桜田の彼女だった。

「……菅原さん」

「あの、佐久さん、今ちょっとだけいいかな」

他にトイレに来る人影もなく、狭い通路で向き合う。菅原は、深々と頭を下げた。

「あの……この前は、本当にすみませんでした」

「いや、大丈夫ですから」

「次の日起きて、すっごく恥ずかしくて……」

うう、と菅原が顔を上げる。頬に落ちた髪を耳にかける、その指先はツヤツヤしたピンク色だ。頬も唇も綺麗に塗っていて、桜田とのデートのためなんだろうな、と和仁はそれを眺めた。

「あの日はお酒入ってて、情緒不安定だったんです。初対面の人にあんなこと言ったのがほんとに無理で、あの……ご迷惑を……忘れてください……」

まったくだ、とは言えず、和仁は「気にしないでください」と手を振る。

「トイレ、どうぞ。早く戻らないと桜田さんが心配しますよ」

「うん……」

菅原がトイレに入るのを見送ってから、やれやれと和仁は首を回した。どっと疲れを感じ、それを深呼吸で紛《まぎ》らわせた。

二階へ戻るため階段へ向かうと、階段傍のドリンクバー機械のところに、雨宮と――桜田がいた。

桜田と雨宮に順に声をかけられ、とりあえずぺこりと会釈する。

「トイレ大丈夫だった？」

「大丈夫でした。ゲロ無しです」

桜田はドリンクバーのグラスを、雨宮はダスターを持っている。ドリンクバー周りの清掃に桜田が居合わせた、といった様子だ。機械がアイスコーヒーを注ぎ終えても、近い距離で会話をする桜田と雨宮の姿に、和仁は無駄にハラハラする。

「桜田さん、早く戻らないと彼女さん、心配しますよ」

「あ、そうだよ。こんなとこにいる場合じゃないでしょ」

促すと、桜田はあー、と呻いた。

「今日一日一緒にいたし、こんくらい大丈夫っしょ」

「いやいや。何が大丈夫なんですか」

「ちょっと疲れてんだよ。休憩」

桜田は、本当に疲れを思い出したように溜息を吐いた。雨宮が少し笑う。

「疲れてるって何。毎月恒例のデート、楽しかったでしょ？」

そんな雨宮を、桜田はじっと見つめている。雨宮は「ん？」と首を傾げ、和仁は、この場に菅原が来ないことをひたすらに祈った。

「でも、俺――」

「一誠」

三人は同時に振り返った。

菅原が、空のドリンクバーのグラスを持って立っていた。ニッコリ笑って、近づいてくる。

「わたしも無くなったから取りに来た。何飲むの？」

「ん、コーヒーにした」

「そっか。わたしは……アイスティーにしよー」

ボタンを押すと、機械はあっという間にアイスティーを規定量まで吐き出した。グラスを満たして、菅原は桜田を振り返る。

「よし、行こ。……それとももうちょっと、話してたい？」

ちらりと、菅原が雨宮に目をやった。雨宮は「まさか」と、営業モードで笑いかけた。

「失礼しました。わたしたちは仕事に戻りますので。ほら、佐久くん」

雨宮の手が肘《ひじ》に添えられる。桜田はのんきな顔で、ひらひらと手を振ってきた。菅原も笑っているが、その笑顔の下で何を思っているのか、想像するのは容易《たやす》かった。

（桜田さん、今も疑われてるって自覚が無いのか？）

和仁は半ば呆れながら、雨宮に続いて歩き出す。

その時だった。


『浮気者』


囁《ささや》きが耳に届いた。その声は菅原のもの、だろうか。

同時に、ざらり、と、うなじに何かが触れた気がした。

ぱっと振り返る。雨宮は階段を下り始めていて、気付いていない。

桜田と菅原は連れ立ってルームへ戻るところだ。菅原が一瞬こちらを見て、その唇が裂けたように吊り上がった――というのは、錯覚だっただろうか？　桜田と菅原の二人は何事もなく、通路の角を曲がっていった。

さっき感じた嫌な気配。ここから一番近いルームは、……十二号室。

違和感は一瞬だった。これが異常というなら、常に土色の男がいることのほうが異常だ。

けれどなんだか気になって、和仁はしばらく、十二号室の扉を凝視していた。

客足がいったん落ち着いた二十三時に退勤すると、花宮が待ち構えていた。

「おれは今から休憩」

「そうですか、お疲れ様です」

最後まで言い切らないうちに、花宮に腕を触られた。あれよという間に、前回と同じ居酒屋に辿り着く。

「鮭チャーハンふたつ」

今日は花宮も同じものを食べるらしい。

「あの、お気遣いいただいて嬉しいんですけど、毎日はさすがに」

「まだ二回目じゃん。毎日も何もないよ。それとも、一応店長やってる社会人の財布を心配してくれてるの?」

そう言われてしまうと抗《あらが》えない。向き合ってチャーハンを待つ間、特に会話があるわけではなかった。花宮はメニューを眺めてお冷やを飲み、和仁はスマホをいじる気にもなれず、花宮の肘や手のあたりをぼうっと眺めていた。

やがてチャーハンが届いて、良い匂いが鼻をくすぐる。

「いただきます」

花宮が手を合わせる。そういえば昨日言うのを忘れたな、と反省しながら、和仁も倣った。手を合わせて、少し頭を下げる。

「いただきます……」

……いただきますを言う食事なんて、いつぶりだろう。

そう思うと、なんだか腹の中が温まって、食べたい、という気持ちが湧いてくる。

花宮の食事の音につられるように、二口三口と食べ進める。けれど、その手元に。

ぼとり、と。

ぼとぼとととと、音を立てて、闇が落ちる。

土色の男が、ぬうと首を伸ばし、和仁に顔を寄せる。虚《うつ》ろな眼窩は、どろどろと嘆く。

どろどろの闇まみれになったチャーハンが、指先に重い。

「佐久くん」

花宮の声に呼び戻された。

「……あ、すみません」

勿論目の前のチャーハンは、綺麗なままだ。つやつやの米と鮮やかな鮭、光るイクラ。

鼻腔《びこう》を満たす匂いも変わらない。

けれど和仁はもう、味がわからなくなった。

そうだ。七月も半ばで、八月が近づいている。

普段通りであれば、まともな食事がとれるのは、そろそろ最後だ。

男があふれさせる闇が手元にまとわりついて、何も食べる気が起きなくなる。無理に食べると、嘔吐《おうと》感がこみあげてくるようになる。

お前が生きているのは間違いだと、教えられるように。


真夏が来る。

あの日がまた、巡って来る。

四章

受験生がこんなにしんどいなんて、和仁《かずひと》は知らなかった。

仲の良い数人の友達は成績が伸び悩み、一人だけそれなりの判定をもらい続ける和仁に、段々棘《とげ》のある視線を向けるようになってきた。昼休みも放課後も、上手に会話ができなくなっていく。その棘は妬《ねた》みや苛立《いらだ》ちだろうけれど、和仁だって安心しきれるわけではないから、自分の成績の維持で精一杯で、どうやって修復したらいいのかわからなかった。

父と母は優しく、気にかけてくれる。けれどその優しさも、なぜか不快で堪《たま》らない。何を言われたって変わらないのだから、放っておいてほしい。

高校受験は、和仁の小さな世界で、恐ろしいほどのストレスだった。家も学校も居心地が悪くて、常に追い立てられるような緊張感に、胃の周りが常にチクチクした。

その日も、朝食べた母の料理がどうしても胃に収まらなくて、学校の夏期講習に行く前にトイレで吐いた。季節は夏で、皮膚《ひふ》がじりじりと炙《あぶ》られているのがわかるのに、背を伝う汗はなぜか冷たく感じて、腹に氷が詰まっているような気持ち悪さだった。

ぐらぐらする。歩き出して五分、大きな交差点の前で我慢ができなくなって、街路樹を囲う低い柵に腰かけた。

クソ、と口の中で呟《つぶや》く。信号が変わっても、歩き出せない。深く息を吸うと吐きそうで、浅い呼吸を繰り返し、まるで溺《おぼ》れているようだった。

大丈夫、と。

その声も、水を通したように遠く聞こえた。

「大丈夫？　歩けるなら、ベンチまで行こう」

背中に手が回された。それだけで人肌の温度が内臓に染みて、少しだけ楽になった。

のろのろとベンチに誘導される。崩れるように座り込む。自分の腿《もも》を見つめる、その視界に透明なキラキラが入り込んだ。

「水、飲める？」

ようやく、目線だけ上げることができた。そこにいたのは、私服姿の男だった。若いから、近くにある大学の学生かもしれない。

すみません、と声を出したつもりだったが、空気が揺れただけだった。ほら、と男はペットボトルのキャップを開けてくれた。

「持てる？」

手を伸ばし、指先が震えていることに気が付く。男はペットボトルに手を添えたまま、和仁が飲むまでその重さを支えていてくれた。

　冷たくない水は、嘔吐《おうと》で干からびた細胞を芯《しん》まで潤すようだった。ペットボトルを半分ほど空けて、ようやく和仁は、男の顔をはっきりと見た。目じりが下がった、優しい顔立ちの人だった。

「……すみません」

「いいから。もう少し休もう」

　背中をゆっくりとさすってくれる。その、まっさらなただの優しさが、どうしようもなく嬉《うれ》しかった。

　だが、横断歩道の信号機が点滅する音に、はっとする。

「ありがとうございました……もう、大丈夫です。信号、変わっちゃう……」

　横断歩道の先を指さす。だが男は笑って首を振った。

「もう何回も変わってるよ。全然問題ないから、気にしないで。目閉じて、深呼吸」

　言われるがままに瞼《まぶた》を下ろす。おそるおそる息を深く吸っても、嘔吐感はこみあげてこなかった。そのまま何度も、呼吸だけを繰り返した。

　頭の芯が楽になって、ああ頭痛もしていたのか、と、頭痛が消えてから気付く。自然に目が開くと、男は「顔色が戻ったね」と笑った。

「あの、本当に、ありがとうございます」

「大丈夫だって。学校、間に合う？　親御さんに電話しようか？」

その言葉に、和仁は頭を振った。

「いえ。……ありがとうございます。大丈夫です。学校、行きます」

家に戻って母から鬱陶《うっとう》しい心配をされるより、このまま学校へ行ってしまったほうがいい。勉強もしたい。ああ、でも——学校に、行きたくないかもしれない。友達とは話せず、チョークの音とシャーペンが折れる音に、急《せ》き立てられるような蒸し暑い教室。

（どこにも、行きたくない）

泣き出したくなるのを堪《こら》え、和仁は頑張って笑った。

「本当に、ありがとうございました。もう大丈夫です」

「……そう？　じゃあ……」

男はまだ迷っていたが、ちらりと腕時計に視線を落とした。何かの時間が迫っているのだろう。「学校行くの、気を付けてね」と言い残し、横断歩道へ向かっていく。

和仁は男を見送った。気分は楽だが、立ち上がるにはしばらく時間がかかりそうだ。それに、立ち上がってからどこに行くかも、まだ決めていない。どこにも行きたくない——

横断歩道を半ばまで渡った男が、ふと足を止めてこちらを見た。立ち止まった彼を避けて人波が動く。男は和仁のほうへ向き直り、足を踏み出し――

キュルルルルルルルルルルルル。

その異音が。異音と共に、鉄の塊《かたまり》。甲高《かんだか》い音は悲鳴だ。人の。タイヤに噛《か》まれたアスファルトの。人々の足に根が生えたように動きが止まって、時間が止まって、止まった時間の中を、大きな鉄の塊が、人を引きずり、擦《こす》り潰《つぶ》し、砲弾のように肉を潰し、彼はこちらを見たまま、何もわかっていない顔をして、一瞬で、人の形を失って、ゴミみたいに吹っ飛んだ。

パニック映画のワンシーンのような現実を眺めながら、和仁は、優しかった男を、いなくなったと知りながら、それでも探した。探して、見つけられたのは、和仁の手が握っている、綺麗《きれい》なペットボトルだけだった。

事故直後は断片的な画像でしか、記憶を取り出せなかった。

夏が近づくと、今度は逆に、あの日の夢が鮮やかな映像で再生される。目を覚まして見つけるのは、変わり果てた男の姿だ。

眼球を失った眼窩《がんか》から零《こぼ》す闇《やみ》が、涙なのか、血なのか、和仁にはわからない。わかるのは、あの日和仁がいなければ、和仁が普通に学校に行っていれば、男は死ななかったということ。

和仁のせいで逃し続けていた青信号の、どこかで渡っていれば、男は轢《ひ》き殺されずにすんだのだ。

立ち止まっていた和仁に気付かなかった、あるいは無視した人たちは生き延びて、助けてくれた優しい男は死んでしまった。

「……」

起き上がった和仁は、全身の生ぬるい汗をシャワーで流す。滑り落ちる湯を見送りながら、結構骨が浮いてきたか、と、自分の身体《からだ》のかたちをなぞる。

鎖骨《さこつ》、肋骨《ろっこつ》、腰骨。骨の硬さと肉の柔《やわ》さ。これらの形が崩れれば、人間はただの骨肉の塊になる。和仁のせいで塊になった彼は、自分が死んだ季節が近づくにつれ、零す闇を多くしている。ぼとり、と落ちた真っ黒が和仁の足元で水と混ざって、排水口に呑《の》まれていった。

少しの間放心していたが、時間が迫っていることに気付いてシャワーを止めた。今日は木曜日。外国語の統一試験の日だ。大学は期末試験のシーズンに入っていて、今週のシフトは木曜日と金曜日しか入れていない。今日の試験を終えれば、土曜日以来、五日ぶりのバイトだった。

ふと頭によぎるのは、十二号室のこと。何事も、無ければいいけれど。

今日は厨房《ちゅうぼう》に、雨宮《あまみや》と桜田《さくらだ》がいた。夜番にしか出ていないから、面子《メンツ》は代わり映《ば》えしない。厨房に貼《は》ってあるスタッフ表には、まだ一度も顔を合わせていない人の名前がいくつかあった。

「夏休みに昼番出てみれば、会えるんじゃない？」

雨宮に言われて、少し迷った。節約のために日中は大学の図書館にこもろうかと思っていたが、働くのもありかもしれない。

「でも夏休みは俺あんまり出らんないから、夜番の本数減るんだよな。夜出てくれたほうが、店長としてはありがたいんじゃねえの」

桜田は、夏休みは部活の大会やら合宿やらで、あまり出られないらしい。むしろその費用を稼ぐためにバイトをしているのだという。

「あ、でも学生なら帰省するでしょ、佐久《さく》くん。実家どこだっけ？」

雨宮に問われて、ぐっと喉《のど》が締まる。すぐに声が出なくてできた不自然な間に、二人がぱっと和仁に目線を向けた。

「佐久くん？」

「……おれは、帰らないので」

やっと絞り出したのは、ひどく硬い声だった。

(ああ駄目だ)

ここは何でもない顔をして受け流すべき場面だったのに。こんなあからさまに、何か事情があります、みたいなことを匂わせて。

二人のせいだ、と和仁は思う。二人があんまり優しくて、気持ちの良い人だから。段々自分を取り繕《つくろ》えなくなっている。どうでもいい相手なら作り笑いで誤魔化せた。それができないくらい、二人との距離はいつの間にか縮んでいて、心を許しそうになっている。

そんなの、二人にはいい迷惑だ。

案の定、雨宮が少し眉を寄せた。

「……家の人と、あんまり仲が良くない?」

家族。両親。

今和仁にとって、両親は、どう接したらいいのかわからない人たちだった。

雨宮には曖昧《あいまい》な笑みを返して、和仁はその場から離れるために見回りチェック表へ近づいた。

「そんなとこ、です。……今日夜番の見回りまでですね。行ってきます」

「あ、待った、佐久くん」

　桜田に呼び止められた。きまりが悪くて、近づいてくる桜田の胸あたりに顔を向けてなんですかと言うと、桜田は少し首を傾《かし》げたようだった。聞こえる声は、少しの笑みを含んでいる。

「そんな警戒しなくていいから。別に、言いたくないなら言わなきゃいいんだ」

　その言葉に少し緊張が解けて、和仁はそっと桜田と目を合わせる。桜田はそれににっと笑ってみせてから、改まった顔つきになった。少し声を潜めたのは、雨宮に聞かせないためだろうか。

「十二号室なんだけど」

　その出だしに少し身構える。

「俺、月曜日だったかな、十二号室見回りした時、すごく……何？　嫌な感じだったんだよな。雨宮ちゃんはそんなことないって言うから、俺だけかもしんないけど、もし何か違うって感じたら、教えてほしい」

「え……店長には言いました？」

「言ったら、俺はもう十二号室の見回りはするなって。だから多分、佐久くんに頼むこと多くなると思うけど……」

桜田はちらりと雨宮を視線で示す。桜田は、極力雨宮に見回りをさせたくないのだ。意図を汲《く》んで、和仁はしっかりと頷《うなず》く。

「わかりました。とりあえず行ってきますね」

「頼む。……ところで佐久くん顔色悪くね。夏バテ？」

「そうなんですよ。貧弱なので」

和仁は桜田に笑ってみせてから、厨房を出て三階へ向かった。


「カズ。顔色が悪いよ」

母親もよくそう言って、和仁を気遣った。

良い両親だったと思う。世に聞く毒親云々《うんぬん》といったエピソードとは無縁も無縁で、和仁をまっとうに愛して、守り育ててくれた。

けれど少し過保護なきらいはあった。それがどうしても不快で、親からの優しさを引き剝がしたくて堪らなかったのが、中学三年生の頃だ。それだけだったら、受験が終わる頃には、両親との関係も元通りだっただろう。自分の棘のあった態度を反省し、受験期に心配かけたことを申し訳なくもありがたく思って、和仁は普通の家庭の高校生になっていたはずだった。

あの夏の日からすべてが暗転した。

常に傍《そば》にいる土色の男。目に映るその姿に、彼の命を奪ったのは和仁なのだと思い知らされ続け、その向こうにいる両親の顔を、見ることができない。

誰かの子供を死なせた自分が、親に愛されるなんて、そんな不条理は通らないと思った。

様子のおかしい一人息子を彼らは心配したけれど、その心配が優しいものであるだけ和仁は受け入れられず、拒絶した。

カズ、どうしたの。カズ。何があったんだ。教えてほしい。何であれ、受け止めるから。なんでも言ってほしい。

……何があったかなんて、言えるものか。

あなたたちの息子が、一人の人間を死なせました、なんて。

和仁は口をつぐみ続けた。次第に疲弊《ひへい》していった両親は和仁を持て余し、腫《は》れ物《もの》を扱うような態度になっていった。両親と和仁は奇妙な空白を隔《へだ》てた場所にそれぞれ立って、そのままもう、三年が経《た》っている。

和仁の大学進学希望も、両親は受け入れただけだった。黙々と、保護者として大量の書類を処理し、和仁を駅で見送った彼らの表情。

不安と心配と、それから少しの——安堵《あんど》だった。

（人が変わったみたいな息子と離れられたら、それは、誰だってほっとする）

和仁は、淡々《たんたん》と思い出す。

中三の夏、和仁は著《いちじる》しく成績を落とした。それを見て友人たちの態度は以前通りに戻って、それが気持ち悪くて、和仁は友人らと会話することも無くなった。

家には帰れず、学校で勉強するのが、結局一番楽だった。そうして和仁は無事持ち直して合格し、進学先での高校生活は、ひたすらそれなりにやりすごすことに終始した。幸い外見だけで見下されるような容姿ではなかったために、嫌な奴じゃないけど付き合いが悪い奴、というポジションを確保して、三年間、教室の中で過ごした。

ただ、何を言われても薄い笑みしか返さず、決められたプログラムをこなすロボットのように過ごす息子を、両親だけは、薄気味悪く思っていただろう。

ぢり、と胸のどこかが痛むが、和仁は頭を振って気合いを入れなおした。今はバイト中だ。きちんと見回りをすることが、和仁の生活を支えている給料の条件である。

後回しにしたくなかったので、最初に十二号室の前に立った。

手順通りにドアを開ける。薄暗く揺らぐルームの中に、霊の姿を探す。

生首は、今日は天井と、天井に取り付けられたスピーカーとの間に挟まっていた。随分《ずいぶん》アクティブだな、と謎の感心をしながら、和仁は視線を巡らせた。

モニターと壁の間に、一人の女が立っていた。

長い前髪で目元は陰《かげ》になっている。おさげに結った黒髪と、細い肢体《したい》。肌があまりにも白くて、その理由はどうやら、両手首から流れ続ける血のせいらしい。

深く切り裂いた両手首から、どろどろどろどろ、濁《にご》った赤が滴《したた》っている。

和仁は特段、異常を感じなかった。だから、つい、いつものように、裏側を見せるルームへと、足を踏み入れた。

やわらかに全身を包み込む冷たさ。床に吸い付くように身体の重さが増していって、その重みに任せて沈んでいけたら、どれだけ心地よいだろう、なんて。

落ちて、沈んで、何もできない一個の死者に成り下がる。

そうすれば、和仁のせいであんな姿になってしまった男も、少しは満足するだろうか。

ゆらり、と不可視の水が揺らいで、和仁は抗《あらが》わず一歩よろめく。

ぴくり――女が動いた。陰になって目は見えないのに、確かに見られた、と、思った。

ぐるん。

視界がひっくり返った。落ちた？　沈んだ？

いや――引きずり戻された？

気付けばルームを出ていた。閉ざしたドアの取っ手に手をかけていて、和仁は無意識に二回、手順通り、取っ手を鳴らした。

「……、……?」

和仁は少しの間、ぽかんと自分の手を眺めた。何が起きたかわからなかったが、ふと、どれだけ時間が過ぎただろうと気になった。あまり遅いと、雨宮や桜田が見に来るかもしれない。和仁は残りのルームを、裏に踏み入ることなく終えて、二階へ戻った。この短時間で、二階のルームは半分ほど埋まっていた。空きルームをさっと見回り、厨房へ帰る。

「十二号室、おれは特に、何も感じませんでした」

「まじで。じゃあ俺だけか。何だろう……」

桜田は少し落ち着かなさそうだったが、和仁に礼を言うと普段の調子を取り戻したようだった。いつも通りの平日の暇さを覚悟したが、花宮《はなみや》が休憩から帰ってくる五分前くらいに謎の団体の来店があり、厨房はにわかに忙しくなった。

「うわ。何、珍しいね」

「お疲れ様です店長、受付お願いします」

花宮が帰ってくるのと同時に受付に来た客への対応を、雨宮がぶん投げる。花宮はハイハイと返事をして、営業スイッチを入れた「いらっしゃいませ」を張り上げた。

予定外の忙しさだったとはいえ、きちんと二十三時に閉店を迎えた。平日花宮と雨宮がそろっている時は、たいてい二人で締め作業をする。今日もそうだと思い、和仁は「お疲れ様でした」と声をかけようとした。

「佐久くん、締め手伝って」

「……はい」

「お、珍しいじゃん」

桜田が眉を上げる。花宮はすました顔で言った。

「佐久くんは貴重な裏人材だし。締めできるようになってもらえれば、おれも色々楽になるから。教え込むよ」

「じゃあ雨宮ちゃんは退勤か。久々に、ラーメン行かね」

今の時間開いているラーメン屋は、札幌《さっぽろ》駅高架下で路地に挟まるように営業している、細長い建物のラーメン屋だ。席はカウンタータイプで、隣の人と肘《ひじ》がぶつかるほど狭い。二人でそこに行くのは菅原《すがわら》さん的にどうなんだろうなと、和仁は桜田の彼女を――というより、彼女に疑われたり警戒されたりするであろう桜田や雨宮を心配した。

「あー、久しぶりに食べたいかも。行こうか」

雨宮はあっさり頷き、カーテンの向こうであっという間にパーカーとジーンズに着替えた。ラーメン屋へ消えていく二人を受付から見送り、和仁はひたすら今日の伝票をまとめていた。

「レジとルーム清掃はおれがやるから。伝票と厨房の清掃、よろしく」

そう言って、花宮はモップとバケツを手に三階へ消えた。

教えると言いながらこの有様だから、花宮の目的は締め作業というより、このあとの食事ではないかという気がしてきた。それは当たりで、二十四時直前に作業を終えた花宮は、「行くぞ」と言って、和仁を居酒屋に連れ出そうとする。

けれど、今日は本当に、腹にものが入る気がしなかった。花宮の肘に追い縋《すが》り、和仁はすみません、と、できるだけ体調の悪そうな声を出す。実際、体力は限界だった。ここ数日、最後に食事らしい食事をとったのはいつだったか。

「すみません、今日はちょっと……」

「佐久くん、ろくに食べてないだろ」

花宮は、肘に添えられた和仁の手に軽く触れ、眉を寄せた。

「ええと、夏バテで」

「夏バテでそんな、魂《たましい》まで死にかけてる奴がいるか」

軽く触れていた手が、きつく、和仁の手を摑《つか》み返してきた。魂なんて、と笑いそうになった和仁に、花宮がきつい視線をぶつけてくる。眼鏡を取り去った眼は、仄《ほの》かに青い。

「あまり、首を突っ込まないほうがいいのかと思ってたけど、やめだ。彼は怨《うら》んでなんかいないのに、思い込みで死にかけてる馬鹿《ばか》は、殴らないと治らない」

花宮が何を言っているのか、わからなかった。

「……、は……？」

呆《ほう》けた声を上げ、和仁は花宮を見つめた。彼──彼って、誰だ。

ぬるり、と和仁の肩越しに上体を乗り出して、土色の男が花宮に顔を寄せた。どろり、とあふれ出た闇に、花宮は少しだけ悲しそうな顔で手を伸ばす。彼の手に闇がぼとり、と落ちて、てのひらのくぼみの上で崩れるように消えた。

その光景に、和仁はぶるりと、芯から震える。

「……放っておくんじゃ、なかったんですか」

バイト初日、花宮は土色の男が視《み》えると言いながら、手出しをするつもりはないとも言った。その言葉通り花宮はこれまで、まるで視えていないみたいに、土色の男を無視し続けていた。眼窩から闇を零そうが、その闇が和仁にふりかかろうが。

「よほどのことがない限り、とも言わなかったっけか」

花宮は和仁の手を掴んだまま歩き出す。和仁は茫然《ぼうぜん》とし抗うことも忘れて、足をもつれさせながら歩いた。

「おれは裏の人間だから、無暗《むやみ》に一般人のそういう事情には手出ししない。きりがないから」

厨房に寄って、一カ所に集まっている各階の電灯スイッチをばしばしと消す。階段だけは非常灯が点《つ》いていて、薄明かりの中を花宮が乱暴に下りていくから、和仁は踏ん張りの利かない足が転ばないように必死になった。

「だから迷ってたけど、もういい。佐久くんはあまやの大事なスタッフだし、そんな阿呆《あほ》なことで一般人を死なせてたら、ただの馬鹿だろ」

ビルを出た花宮は、近くの駐車場に車を置いているらしく、「ここで待機」と言い置いて歩いていった。その背中を眺めながら、和仁は花宮の言ったことをゆっくりと反復した。

死にかけとか、魂とかは、どうでもいい。なんて言ったっけ。彼は。彼、は？

視線だけで和仁は、隣の土色の男を見やった。

どろ、どろ、と眼窩から闇を零す男に、優しい男の面影は無く。こんなに変わり果てた姿で和仁から決して離れず、だから和仁は、それほどに怨みが深いのだと知って。

……怨んでなんかいない、だって？

そんなはず、あるわけがない。

静かな音を立てて停車した車は、ポップなデザインの軽自動車で、花宮とはちっとも雰囲気が合わない。それを指摘するような余裕は、和仁には無く、運転席の窓を開けた花宮に向かって、震える声を吐き出した。

「説明しろ」

花宮はやれやれとでも言いたげな表情で、助手席を指さした。

「話は、大人しく乗ってからだ」


そう言ったくせに、花宮は車内では口を開かなかった。

札幌駅を越えて南へと車を走らせ、二十四時間営業のファミレスに着く。ぬるい夜気を搔《か》き分けて入った店内は冷房が強くて、一瞬頭痛がした。

「さすがに、絶食してた奴に居酒屋のメニューはきついだろうから」

席に着くなりそんなことを言って、花宮はさっとメニューに目を走らせて、店員を呼び止めた。雑炊《ぞうすい》とサラダを勝手に注文する。店内は有線放送の音楽と、客たちの会話で満ちていて、けれど何ひとつとして和仁の耳には入ってこない。

コツコツ、とテーブルを叩く音に和仁は顔を上げ、目の前で湯気をたてている雑炊に気が付いた。

「ほら、食べろ」

花宮は静かに促《うなが》し、自分はフォークを握ってサラダのトマトに突き刺した。

「……話を」

「食べるのが先だ」

仕方なく、和仁はスプーンを手に取る。雑炊を掻きまわすと、湯気と熱と匂いが一気に顔にぶつかってきた。う、と息を止める。

スプーンの先にわずかに載せた米の粒を口に運ぶ。舌で口蓋《こうがい》に押し付けるとすぐに潰れて、唾液《だえき》と混ざって喉の奥に落ちていった。

「男子大学生の食べ方じゃないな」

花宮は呆《あき》れたように目を細めた。

「店長は、それだけでいいんですか」

「おれは、普通に夏バテ気味」

「京都出身のくせに……」

「全国どこだろうと夏バテは起きる」

どうでもいい会話をしながら、腹の中に温かな飯が入っていくのは、心地よかった。けれどすぐに、胃が縮むような感覚がして、口の中のものを飲み込めなくなっていく。

「限界？」

花宮にそう問われた時、和仁の手は止まり、雑炊は半分以上、具を丸々残したまま器の中に溜まっていた。

「ほら、死にかけだ」

「……生きてるんですけど」

つい拗《す》ねた声が出る。和仁の抗議を無視して、花宮は雑炊の器に手を伸ばした。スプーンいっぱいにすくった雑炊を、どんどん頬張《ほおば》っていく。

「夏バテじゃなかったんですか」

「夏バテだから、雑炊とかしか食べられない。ハンバーグとか無理」

テーブルの脇に寄せられたサラダをちらりと見る。和仁を一人で食事させないための、和仁が残したものを食べるための、ひとつのサラダだった。まるっきり子供扱いで、拗ねた気持ちを通り越して、腹が立ってくる。

「おれは何歳のガキですか」

「十九のガキだよ。……いや、中身は、十五のままか？」

その言葉に心臓がひとつ大きく跳ねて、息を止める。

ぺろりと雑炊を平らげた花宮は、水を含んでから静かにコップを置き、ひたりとまなざしを和仁にぶつけてきた。

「彼は佐久くんを怨んでなんかいない」

そう、断言した。

「……なんで」

「本当に怨んでいたら、そんな風に、守るみたいにして立ってない」

守る？

「ありえない」

和仁は震える声を押し出した。花宮の静かな目に、口が勝手に動いていく。

「……おれがいなければ、この人は死ななかったんだ。普通に信号を渡って、学校行って……いつも通りに、生きてたんだ」

彼は和仁のために何度、青信号を見送ったのだろう。

なぜよりによって、和仁が促した青信号で――あの車は、やってきたのだろう。

「おれのせいで死んだ」

「そうやって」

花宮がゆっくりとした発音で、語りかけるように言葉を発する。

「自分を責めないと、気が済まないか。自分が苦しむ理由に、なってほしいだけじゃないのか」

「違う」

咄嗟《とっさ》に出した声は、不自然に波打って捩《ねじ》れる。もう和仁は花宮の目を見ず、テーブルに置いた自分の拳《こぶし》を見つめていた。ぶるぶると、視界が揺れる。

「違う……だって、あのあと、すぐだ。事故があって、帰って……」


どうやって家に着いたかわからない。和仁は逃げ出して、一人ベッドに座って部屋の薄闇を眺めていた。全身の骨が緩《ゆる》んだような、奇妙な浮遊感に包まれていた。

その中でふと、薄闇よりも黒い何かに気付く。
ヒ、と喉が引き攣《つ》った。
あの、優しい男が立っていた。その眼窩を、空っぽにして。

ひたすら怖くて、声も出なかった。ヒゥ、ヒュウ、と悲鳴の成りそこないの音を出しながら、ベッドの上で後ずさりした。

真っ黒な眼窩はどろりと濁って、皮膚は最初は普通だったのに、どんどん枯れたように色をくすませていく。至る所から赤いものが滲《にじ》み出て、着ている服を赤く、そして黒く、染めていく。ずるり、ずるりと変化しながら男は、和仁に一歩ずつ近づいてくる。

ごめんなさい、と吐息だけで叫んだ。

ごめんなさい、ごめんなさい、ごめんなさい。おれがあそこにいたから。

最後に振り返った男の顔が思い浮かんだ。和仁に向けられた顔は、次第に気付いていく。自分が今、暴走車に骨を砕かれ肉を潰されようとしているのは、和仁のせいだということに。

死の間際、彼は、和仁を見ていた。その眼球が吹っ飛ぶまで。


「あのひとは、最期《さいご》に、おれを、怨んだ……だから、こうやって、おれの近くに、ずっと」

「違うな」

花宮は、いっそ冷たい表情で、和仁の言葉を遮《さえぎ》る。

「死者が最後に何を考えたのかは本人にしかわからない。そうやって、妄想と辻褄《つじつま》合わせで誰かを怨みの霊に仕立て上げて、自分が安心したいだけだろう。自分は怨まれている、それに耐えている自分はじゅうぶん罰を受けている、そう思って、安心したいだけだろう」

「黙れ……」

「自分で考えることを放棄して、罰を受けている自分に甘えているだけなんだ、お前は」

「黙れ」

周囲の人が一瞬こちらに目を向けるほどの声量だった。和仁は自分が立ち上がりかけていることに気が付いて、座り直した。拳は、震えている。

「お前に、何が、わかる」

和仁は陳腐《ちんぷ》な台詞《せりふ》を吐き、けれど花宮はすぐに答えた。

「わかる。怨みの霊は、そんなに綺麗なもんじゃない」

ちらりと花宮の視線がそれたのは、和仁の傍にいる男に目をやったのだろう。

「笹井《ささい》を覚えてるか」

ヘブンの、駅前店の店長だ。肩に誰かの手を乗せ続けているのを思い出す。明らかな怨みの念を感じた。

「正面から見たら手だけに見えるけど、背中を見るとひどい。手の先に目玉だけ付いてて、あとは脳幹《のうかん》から内臓までズルズルだ。人間のかたちを保ってない。そうやって、ずっと笹井の後ろで内臓ぶちまけながら、あれは笹井を怨んでる」

あの店に、視える子が入らないことを祈るばかりだ、と花宮は呟いた。

「それに、彼は佐久くんに、触らないだろ？」

そう。男は決して和仁に触れない。それは……死んだから和仁に触れられない、それだけではないのか。

「だから甘えだって言ってるんだ。自分が望むようにしか物事を認識しないし、都合のいいように思い込む」

「どういう……」

「笹井に憑《つ》いてる手は、怨んで怨んで、しっかり奴に触ってるだろ。そういうことだよ。怨んでるなら、絶対そうする。絶対摑んで、逃がさないって、いつか奴を殺せる日がくるのを、ひたすら待つ。殺せなくても怨んで怨んで、奴の死に際に少しでも苦痛や絶望を上乗せするために、絶対離れない」

ふいに花宮の口調が変わったのを感じた。和仁に語りかけるのではなく、まるで自分に向けて言っているような。

「……なんで、そんなこと」

つい尋ねてしまった和仁に、花宮はふっと表情を消してから、少しだけ唇の端を引き上げた。

「見てきた霊の数が違う。それに、おれが死んだら絶対そうするって、決めてるから」

それは、花宮も誰かを、怨んでいるのか。和仁が問う前に、花宮は話し出した。表の人の事情を暴いといて、自分が隠してるのは不公平だな、と笑って。

「おれの母は本家に殺された」

「……え」

「霊能一族っていうとちょっと面白そうだけど、そんなもんじゃない。死にまみれた、呪われた家だ。死に近すぎて、怨むし怨まれる、呪うし呪われる。そこの当主は、なまじ有力者だから敵も多い。呪詛《じゅそ》って、わかるか？」

　ジュソ、と一瞬漢字変換ができなかった。それを見て取ったか、花宮が「丑《うし》の刻《こく》参りみたいなもの、って言ったらわかるか」と付け加える。それならイメージできる。藁《わら》人形に釘《くぎ》を打ち付ける、あれだ。誰かの死を願って人形の胸を貫く。ジュソは――呪いか。

「当主が他家に呪詛された。体の中から蟲《むし》が湧いて、吐いても吐いても蟲が止まらなくて窒息《ちっそく》死する、そういう、エグいやつだった」

　さらりと告げられたその内容に、一瞬思考が止まる。花宮は何でもないことのように話を続けた。

「呪詛から逃れるには、呪いを相手に返すか、呪いの矛先《ほこさき》を別の誰かに移すしかない。呪詛に気付いた時には、もう当主の体からは蟲が出始めていて、返すには準備の時間が足りなかった」

　花宮はそこで一口水を含んだ。和仁は息を呑んで、花宮の声を聞いていた。

「当主は自分の命を守るために妹の命を使った。血と髪と呼気を被せて、相手に、妹を当主だと誤認させた。その時から呪いの先は妹に移って、当主の妹は死んだ」

その先を、言わせたくないと思ったけれど、花宮は一息に言った。

「それがおれの母だ」

だから、と、花宮は口元を歪《ゆが》めた。笑ったつもりなのだと、少し遅れて和仁は気が付く。それほどに昏《くら》い笑みだった。

「おれが今死んだら、おれは絶対怨霊《おんりょう》になる。怨んで、怨んで、当主から絶対離れずいつも殺せる機会を窺《うかが》って、少しでも深い苦痛を感じて奴が死ぬのを、じっと待つ」

花宮は、くは、と息を吐き出すように笑った。

「あまやは仕事だから、おれは彼らを『成仏《じょうぶつ》』するように努めるけど。仕事の外の、例えば笹井に憑いてるような奴とかなら、笹井が死ぬまで、怨み続けさせてやりたいね」

怨めるだけ怨めばいい。そう吐いたあと、花宮は目を閉じて、細く長く息を吐いた。和仁はそれを、息を殺して見守った。

目を開けた時、花宮の瞳は黒を濃くしていた。その時初めて和仁は、今まで花宮の目が仄青く光っていたのだと、気付いた。

「脱線しすぎたな」

そう言う花宮の声は、常の穏やかさを取り戻していた。

「つまり、佐久くん。きみは何も見えていないし、何の真実も掴んでいない」

伝票を持って立ち上がった花宮に、和仁は慌ててついていく。会計を済ませた花宮は立ち止まらずに車に向かい、和仁が追いついた時にはシートベルトを締めていた。

「そんなので、ものが食べられなくなって、飢《う》え死になんかしたら、本物の愚《おろ》か者だ」

和仁は、まだ混乱していて何も考えられなかった。車内では再び沈黙が降りて、CDデッキから流れる音楽だけが、花宮と和仁の間で揺れていた。軽やかな曲調と優しい声が紡《つむ》ぐ歌は、現状にあまりに不釣り合いで、余計に居心地が悪い。

駅が近づいてきてようやく、「西口でいいです」と呟いた。

高架下に車を停《と》めた花宮に、かろうじて礼を言う。花宮は優しい声で、「おやすみ」と告げて去っていった。

ひとり、残る。

和仁は傍《かたわ》らの男に、久々に、正面から目を向けた。男は離れず、けれど和仁に触れもせず、黙ってそこに立っている。中身は十五のままか、と言った花宮の声が蘇《よみがえ》る。

中学三年生なんて、笑ってしまうくらい子供だ。自分はまだそこに、立ち止まったままなのだろうか。現実を、受け止めたつもりで受け止めきれず、自分の理解の中で必死に辻褄を合わせて心を守るしかない、子供のままでいるのだろうか。

ゆっくり、足を引きずるようにして歩き出した。初めて、この男のことを想う。思い込み信じるのではなくて、その心を想う。

このひとは——何を思い残して、死んだのだろう。

五章

「おい、佐久《さく》」

「……、あ」

講堂内のざわめきの中から自分の名前を聞き取ってようやく、和仁《かずひと》は我に返った。

今日は教養科目の中の、科学史の試験だった。暗記と計算の試験から解放された学生がどやどやと出入り口に押し合っていく中、ぼうっと座っていた和仁の前に、今野《こんの》が立ち止まっていた。

「大丈夫か？　昨夜《ゆうべ》徹夜でもした？」

「あ、いや。……ごめん、なんでもない。ありがとな」

筆記具をしまって、和仁は立ち上がる。席順自由の試験だったから、今野は和仁とは離れたところに座っていたはずだ。わざわざ和仁を心配して、立ち寄ってくれたのだろうか。

例えば和仁を心配してロスした時間のせいで、自分が死んでしまうかも、なんてことを考えたりはしないのだろうか。

人波に揉《も》まれつつ講堂を出る。一息ついたところで、今野が「そうだ」と切り出した。

「佐久、帰省いつすんの」

「いや、おれは帰省しないつもり」

「お。じゃあ、夏休みどっかで遊ぼーぜ。ジャズ研で仲いい奴二人とボウリング行こうってなってんだけど、四人だと割引があるんだよなー」

「え……」

和仁は立ち止まりかけて、なんとか歩き続ける。

「ええと、おれ、邪魔じゃね？」

「んなことないって。一人連れてってもいいかって許可は一応とったし。ただ、俺らの合宿が八月の半ばにあって、それより前がいいんだけど」

都合どう？　と問われ、和仁はなんとか言葉を絞り出した。

「ええと、バイトのシフトがまだ固まってないから……ちょっと、あとで決めてもいいか」

「おーよ。じゃあ俺、つぎ芸文だから、あっち。じゃあな、残り頑張ろーぜ」

「おう」

手を挙げて別れた。今日はこれで終わりの和仁は、本格的になってきた夏の陽《ひ》ざしに焼かれながら、北門へ向かって歩く。

当たり前みたいに、今野は和仁を誘った。和仁はそれが怖い。自分がいることで、今野に何か災厄《さいやく》が降りかかりでもしたら。隕石《いんせき》でも事故でも通り魔でも地震でも。和仁がいなければ起きなかったことが、起きてしまわないか。

自分が関わったことで誰かが死ぬのが怖いのだ。

けれどそんな恐怖や懸念が、無意味なことだというのは、理解している。そんなことを言っていたら何もできない。誰とも出かけられないし、誰とも話ができない。対処するなんて、現実的ではない。そんなことを怖がって、一人で閉じこもろうとする自分は、どうしようもないくらい馬鹿《ばか》で、幼い。

中身は十五のまま。花宮《はなみや》の言葉が突き刺さっている。

和仁の中の色々なものを揺さぶったあの日から、一週間が過ぎていた。

今日は花宮が朝番で、夜の時間帯は不在だった。

そのことに少しだけほっとする。どうやって顔を合わせたらいいか、まだわからない。

暖簾《のれん》をくぐった和仁を見て、雨宮《あまみや》が少し口元を緩《ゆる》めた。

「佐久くん、一週間ぶり。試験はまだ残ってるの？」

「ふたつと、あとレポートの締め切りが八月ですね」

「まじで。まあ一年は大変だよな」

そう言う桜田《さくらだ》は、一昨日ですべて終わったらしい。解放感で機嫌が良さそうだ。

中高生は夏休みに入り、昼はそれなりに混み始めているらしいが、夜はまだ今までの平日と変わらない。大学生が夏休みになれば多少は忙しくなるが、夜番の本格的な繁忙《はんぼう》期は八月の盆休みが始まってからだ。

「のんびりできる平日もそろそろ終わるな。八月は地獄《じごく》だぞ」

三年間のキャリアがある桜田が、和仁を脅《おど》してくる。それに笑って応《こた》えたりしつつ、勝手知ったる三人で、何事もなく、だが少し急いで、清掃を進めていく。月末は普段通りの清掃に加えて、各ルームの点検が加わるのだ。内装や備品の破損や不足をチェックする。

今日は三階ががら空きだった。無人のフロアに雨宮を行かせるわけがなく、桜田が点検用リストを手に取った。

「じゃあ俺三階回ってくるな。厨房《ちゅうぼう》よろしく」

「うん。ありがとう」

礼を言う雨宮に親指を立ててから、桜田は厨房を出る。ちょうど見回りに行こうとしていた和仁も、一緒に三階へ向かった。

「桜田さん、まじで、雨宮さんに優しいですね」

「そりゃそうだろ。一年生の時から一緒に働いてんだぞ」

その口ぶりに、裏は無いように見えるけれど。自分が花宮に掻《か》き乱されたから、自分も誰かにちょっかいをかけたくなったのかもしれない。和仁はつい、尋ねた。

「……ほんとは好きとかじゃ、ないんですか？」

その言葉に、階段の踊り場で、桜田は足を止めた。

和仁はごくりと唾《つば》を飲んだ。……やってしまった。怒りを浴びせられることを覚悟して身を固くする。

だが予想に反して、返った桜田の声は静かだった。

「……そう見えるか？」

真剣な顔で言って、桜田は口元に手をやった。

「俺、彼女のことは普通に、ちゃんと好きなんだよ」

「はあ」

「高一から同じクラスで高三で告白されて、そんなに長い間俺のこと好きでいてくれたんだって思ったら、すげえ可愛《かわい》いじゃん。俺を好きになってくれたんだから、大事にしたいし喜ばせたいってちゃんと思ってんだけど」

桜田は眉を寄せて、首を傾《かし》げる。

「ちゃんと瑠衣《るい》のこと、彼女として大事にしてんのに。その上で、雨宮ちゃんのことを友達として大事にするのは、浮気になんの？」

「あの、話始めておいて何なんですけど、……おれに言われても……」

「だよなー。ごめん」

桜田はうんうんと頷《うなず》いて、再び足を動かす。階段を上り終えて、一番近い十二号室に入ろうとするのを見て、和仁はつい呼び止めた。

「桜田さん、そこ、入っていいんですか」

「見回りじゃないし、大丈夫だろ。手順を踏まない限り、ここはただのルームだよ」

桜田はそう言って、ひらりと手を振ってからドアを開けた。和仁は少しその場で迷っていたが、ひとまず自分の仕事をすることにした。十二号室は桜田が出てくるまで見回りができないから、トイレ側の奥の部屋から順に見ていく。

目の前に広がる死者の側。和仁を誘うようにゆらめく水に、けれど今日は入らない。ドアの外から、死者の姿を見つめる。首に縄、失った両足、皮一枚が繋《つな》がっているだけで振り子のように揺れる首。あわれなくらい無力な姿だ。こいつらには何もできない。何も、何も。そう思うことすら、甘えているのだろうか？

（例えば――あの人がおれの傍《そば》にいることを。視《み》えるだけで実害が無い、都合のいい罰だ

と、思い込むために)

ルームのドアを閉めた、その時だった。

テーブルがひっくり返って天板から床に叩き落とされたような、激しい音が、三階のフロア中に響き渡った。

和仁は一瞬竦《すく》み、すぐにその場から走り出した。音は階段のほう――十二号室からだった。

「桜田さん!」

閉まっていたドアをなりふり構わず開けて。

和仁は目を瞠《みは》った。

「さ、く、くん、来んな」

桜田が床に倒れて喉《のど》を押さえている。誰かに絞められているように。その脚はビクビクと宙を蹴り、胸は大きく喘《あえ》いでは、外圧があるように潰《つぶ》される。

和仁の目は、ルームの床に倒れる桜田の姿の他に、一枚透けた黒フィルムを重ねたような光景を映していた。黒フィルムには時折ノイズが走る。ノイズの隙間《すきま》に白く濁《にご》ったところがあって、その濁りが、桜田の身体《からだ》に重なっている。

(霊、が?)

桜田を——襲っている？

「待っててください桜田さん、すぐ」

言うが早いか和仁は背を向けていた。一刻も早く雨宮、を。

「どうしたの？」

雨宮は音を聞きつけて、階段を駆け上がってきたところだった。踊り場に姿を現した雨宮に、和仁は名前を叫ぶことしかできなかった。

「桜田さんが」

雨宮は残りの階段を一段飛ばしで上ってきた。足を止めず十二号室に飛び込み、息つく暇もなく、両手を不思議な形に組んだ。

パン、バシ、と弾《はじ》けて軋《きし》む音、光と闇《やみ》が入れ替わり、肌がピリッと痛んだ。和仁は本能的に目をつむり、次に目を開けた時見たのは、十二号室の前でへたり込む雨宮と、雨宮によってルームの外に引きずり出されたものの、立ち上がれずに荒い息を吐く桜田だった。

「二人とも、大丈夫、ですか」

桜田は数回咳《せき》をしてから、和仁に向かって大丈夫だとでも言うように、片手を挙げた。雨宮は大きく肩を上下させて、苦しげな息を吐いている。

「雨宮ちゃん、大丈夫？」

桜田は自分の姿勢を整えるより先に、雨宮を気遣った。雨宮の肩に触れるために伸ばした、その指先は、けれどまだ震えている。雨宮がそれを見てくしゃりと顔を歪《ゆが》めた。

「だい、じょうぶ。それより桜田くんだよ。……店長、店長に、電話」

萎《な》えている脚で、それでも立とうとする雨宮を制し、和仁は階段を駆け下りた。最後の数段でつまずいて膝《ひざ》を打ったが構わず厨房へ行き、電話の子機を取る。スタッフ表の一番上にある花宮の名前と、その横の電話番号をなぞってボタンを押した。

「店長、助けてください」

電話が繋がるやいなや、挨拶《あいさつ》も忘れて和仁は子機に縋《すが》った。

「十二号室で、桜田さんが。雨宮さんが」

それだけで、花宮は「すぐに行く」と言った。電話の向こうで支度をする気配を感じながら、和仁は花宮に言われるがままに十二号室の前に戻り、二人をその場から引き離した。厨房に入り、二人の口に飴《あめ》を二粒含ませて、ポットのお湯で手を温めさせる。車のドアの開閉音をさせたあと、花宮は「あと十五分」と言って電話を切った。

とてもじゃないが新規の客への対応はできず、和仁はエレベーターと階段に、受付終了の看板を出す。少し考えて、伝票の裏に「スタッフ急病につき」と書いて、看板の文字の横に貼《は》り付けた。こうしておけば、文句を言いに厨房に踏み込んできたりはしないだろう。

二人の顔色がやっと戻ってきたかという頃、荒い足音が聞こえたと思ったら、厨房の暖簾がはね上げられた。

「クソ。本家の、クソ野郎」

花宮がそう吐き捨て、髪を乱しながら、そこに立っていた。

□

「不安にさせたくなかったから言ってなかった。十二号室の新入りは、レベル二なのかレベル三なのか、判断が保留されていた霊だった」

あのあと花宮は、三人に向かってそう言った。レベル三――生者に害を及ぼす、凶霊。

「レベル二だと断言できないものは受け入れないと、そういう約束だったのに、一年経《た》ったからって意味のわからない理由で、本家がうちにそれを押し付けた。あまやは実験施設だから、実験しなくてどうするって。その結果が――結果が、これか」

桜田の手を握り、何かを確かめながら、花宮はきつく歯を食い縛っていた。

「死ね、クソ野郎」

昨日はそのまま店を閉めた。花宮は桜田と雨宮を車で送り届け、和仁にはタクシー代金を握らせた。

「直接関わっていないなら、佐久くんは大丈夫だと思う。ただ、用心はして。もし呼び止められたり、名前を呼ばれても、相手を確認するまで返事をしないこと」

そんな恐ろしい忠告をされたのだが、和仁は無事に自宅へ帰り着くことができた。

明けて、今日。花宮からの連絡が何も無かったので、和仁はいつも通りの時間に出勤した。事務所の扉を開けて、しばし固まった。

「おう、佐久くん。おはよう」

こちらを見てニッコリと口の両端を引き上げたのは、ヘブン駅前店店長の、笹井《ささい》だった。

「お、はようございます」

「ねえ〜なんか、あまや、大変なの？」

笹井は奥の壁に背を預けるようにして、だらしなく椅子《いす》に座っている。そのため後ろ姿は見えず、和仁は少しほっとした。肩口に、真っ黒な手は視えているけれど、その下に続いているという、グロテスクな怨《うら》みの現れは視ずにすみそうだ。

「大変、て、何ですか？」

「なんか花宮がさ。金曜日の稼ぎ時だってのに、今日夜は臨時休業するとかふざけたこと言ってるからさ〜」

妙に語尾を上げる話し方で、誤魔化しているつもりなのだろう。けれど神経質に指を揉む仕草が、貧乏ゆすりが、何より粘《ねば》ついた視線が、笹井の強い不快感と苛立《いらだ》ちを伝えてくる。

「ふざけた話だと思わない？」

笹井は和仁の反応なんてどうでもいいようだ。目と口を歪めたまま吐き出す。

「前も人足りないとかで三階閉めてたでしょ？　うちらの系列で、しかも開いて二年も経ってない新参が？　うちは二十四時間年中無休で、社員は皆血尿出しながら必死で利益出そうと店回してんのにさあ。あ、ごめんごめん、着替えていいよ」

「……はい」

和仁を着替えさせるということは、笹井はあまやを閉めさせるつもりはないということだ。あまやは別名称とはいえ系列店で、系列の中では確かな序列があるのだろう。笹井は花宮への不快と侮蔑《ぶべつ》を隠さない。

どろり、と、笹井の肩に乗った手が黒を濃くした。ざわざわと表面が蠢《うごめ》いて、まるで身震いした狼《おおかみ》が吼《ほ》えるように、一瞬大きく伸びあがった。

手の向こうから何かがせりあがってくる。上半分を覗《のぞ》かせたふたつの真っ赤な球《きゅう》は、ぐるん、と震えて、真っ黒な瞳孔《どうこう》をこちらへ向けた。

目玉。笹井の背中にずっと張り付いているという、その怨みの霊がどろどろと滾《たぎ》ってい
る。笹井の悪罵《あくば》に反応して強く揺らぐその姿は、笹井の下にいた社員かもしれないな、と
考える。
（……あなたは）
和仁は着替えながら、心の中で話しかけた。
（あなたは殺したいくらい、笹井店長を怨んでいるんだな）
べっとりとその手を張り付けて、決して逃がさない。そんなに、死後の魂《たましい》すべてを堕《お》と
してまで怨み、触れているのに、笹井は今も生きている。
生者と死者の隔《へだ》たりがここにある。どれだけ怨んでも、生者に比べれば死者の力なんて、
ほんの幽《かす》かなものなのだ。
幽かな力を振り絞ってひたすら怨むその姿は、おどろおどろしくも、かなしい。
だから花宮はあんな風に言うのか、と和仁はふと思った。
怨めるだけ怨めばいいと。……何もできなくてもせめて、魂だけは気の済むまで。
「すみません、花宮店長は、今どこに？」
「今日閉めるって連絡してきたから、ふざけんなよって。俺はぜってえ了承出さねえぞっ
て。今営業部長とでも話してるんじゃない？　こんなふざけた話あってたまるか。俺は人

足りない長期休暇の間、九時から十八時までワンオペしてそのあと三十時まで出て、それをずっと続けたんだ。トイレも行けなくてさ。受付で怒鳴られながら予約の電話とったりしたわけよ。ドリンクとサプリと三時間睡眠で働いて、そういう努力もせずに閉めるだぁ？　社長様の親戚だからってか？　ふざけるな」

ガン、ガン、と笹井はデスクを蹴り始めた。顔に歪んだ笑みを張り付けたままなのが不気味だった。和仁は着替えを終えて、逃げるように厨房へ出た。

厨房には雨宮が、所在なさげに立っていた。

「雨宮さん。今日どうするんですか」

今日はあと二人、桜田と穂積《ほづみ》がいるはずだ。雨宮は笹井を恐れるかのように、「まだわからない」と声を低めた。

そういえば雨宮は駅前店で働いていた時、笹井はすでに店長だったはずだ。笹井の背中を、雨宮は見続けたのだろうか。家から逃げてきたのに、強い怨みの霊を目《ま》の当たりにして、きっと雨宮は怖かっただろう。

でも、バイトを辞めなかったのは。もしかしたら万が一の事態から、他の視えない人たちを守るために、踏ん張っていたのかもしれない。プロだという、わずかな矜持《きょうじ》を支えにして。

そう思い当たり、和仁は雨宮に対してどうしようもなく、胸を掻きむしられるような心地がした。

雨宮は和仁の様子には気付かず続けた。

「二人は今日休ませてる。桜田くんは昨日の今日だし、穂積さんは表の人だから、万が一の時逃げることもできない。花宮店長が営業部じゃなくて、花宮の本部に連絡して、休業許可を出させようとしてる。それまでわたしたちはいなくちゃいけないけど、三階には行かないようにって……佐久くんのこと、巻き込んだみたいになっちゃって、ごめん」

「雨宮さんが謝ることじゃないですよ」

和仁は本心からそう言った。雨宮は、震えている。霊を恐れる彼女が、今の状況で平気なわけがない。雨宮は血の気の引いた顔で、少し笑った。

「……ごめん。家から逃げるためだけに札幌《さっぽろ》の学校に来て、それも終わったのにまだ覚悟を決められなくて、店長のところで修行するって言い訳で、ここにいるのに……わたし、全然役に立たない」

「大丈夫ですって。深呼吸してください」

その時、ごとん、と、エレベーターのほうから音がした。

グッと喉を鳴らした雨宮に、和仁は「おれが行きます」と声をかけた。

「駄目、わたし行くよ」

「いいですって。どうせ、看板が倒れただけですよ」

和仁は雨宮を制して厨房を出た。今日は受付終了の看板の上に紙を貼って、縮小営業である旨《むね》を書いてある。それが倒れたのだろう。

案の定、エレベーターの扉の前で看板が横倒しになっていた。直すために、和仁はよっこらしょと膝をついた。

「さくくん」

「はい？」

振り返る。しかしそこには誰もいない。

（あれ？）

看板を立て直してから、和仁はあたりを見回した。視界に白いものが掠《かす》めて、見れば、階段のところに女が一人立っていた。

「あ、すみません。一名様ですか？」

階段を使ってきた客かと思い、和仁は接客用の声を張った。

黒髪をおさげにして、赤いスカートをはいた女は、地味だけれど整った顔立ちをしている。細い目と小さな鼻、薄い唇が——にぃ、と歪んだ。

あ。まずい。

脳内で鳴り響く警鐘《けいしょう》は本能だった。昨日の花宮の言葉を思い出す。名前を呼ばれて、返事を、してしまった。

女がくるりと身を翻《ひるがえ》した。軽やかに三階へ駆け上がって行き、和仁はなぜか、それについていくことしかできなかった。トイレや通路で転がっていた生首を思い出す。脱走犯の彼。この女も、脱走だ。どこからなんて、もうわかっている。スカートをゆらめかせて最後の一段を両足で跳び越え、彼女は十二号室へと踊るように身を滑らせた。

和仁の足も、止まらない。ドアを開き、薄暗いルームに入ってドアを閉める。

ずぶ、と足が床に沈んだ。全身が不可視の水に浸される感覚。

(裏側に、呼び込まれた)

薄闇の中に浮かんでいた女の白い面《おもて》の、口の部分がぱかりと裂けた。

「ア、ハァ」

甲高《かんだか》く捻《ねじ》れた、笑い声。女の口はどんどん裂けて、それを覆《おお》い隠すように持ち上げられた両手の、手首から、真っ赤な血が噴き出す。

「ハハ、ァハハ、ハハッハハハッハ、ハハハハハハハハアハハハハ」

和仁はもう、上下左右がわからなかった。重力の無い水の中で、女の顔が迫るのを見続ける。息が、苦しい。

『ねえワタシ、あの男のこと大嫌い』

裂けた口の中で、血まみれの舌がぬるぬると動いている。

『嫌い嫌い嫌い。ねえワタシのこと好きだって言ったじゃない、ワタシとキスして、セックスしたじゃない。何？　なんでワタシを抱いた腕であの子に触るの、あの子に突っ込んだ指でワタシを撫《な》でるの、気持ち悪い、気持ち悪い、大好きなのに、だから頑張ったのに、どうして、なんで、嫌だ嫌だ嫌だ嫌だ、なんであっち行くの、こっちでしょ、ふざけないで、やめて、捨てないで、わたしが悪いの、もっと綺麗《きれい》にするから、好き、嫌』

女の顔が蠟《ろう》のように溶け落ちてくる。落ちてきたものが顔にかかる度、和仁の頭に映像が流し込まれた。甘い言葉を吐く男、幸せだったベッドの中。他の女の体液。大好きだったのに、愛しているって言ったのに、どうしてそっちへ行ってしまうの？

私を好きになって。私とキスをして、手を繋いで、愛してると言い交わしたあの幸福の時間が嘘《うそ》だった、なんて、そんなことになったら、今の私だけじゃなくて、今までの十年間の私もすべて、殺されてしまう。

なんでいくの。好きになって。

無理に好きになってなんて言えないよね。心が変わったなら仕方ないよね。

……仕方なく、なんてない。

許さない。

女の記憶の中の男は、茶髪を短く整えた誠実そうな姿だった。けれどその姿は時折ぶれて、なぜか桜田のかたちになった。

(混乱している。違う。重ねて、目覚めた?)

死者は生者より弱い。生者は死者より、はるかに強い。けれど。

雨宮のいつかの言《げん》が脳裏に浮かんだ。

『生者に何か後ろめたいことがあると、死者はその昏《くら》い感情をとっかかりにして、生者に手を伸ばすことがある』

後ろめたい、昏い感情。桜田の浮気を疑う菅原《すがわら》の、あるいは同じような悩みやつらさを持つ客の、感情に引きずられて揺り動かされて、凶霊となり桜田を襲った。

女の腕が蛇のように、和仁の身体に巻き付いてきた。触れたところがジュクジュクと痛み、締めあげられて息が苦しい。本能が生命の危機を感じ取って、和仁はゾクリと背骨を逆撫でする感覚が、恐怖であると自覚した。

(こわ、い)

怖い。そう——ずっと怖かった。死んだのに、この世に姿を残している死者たちが。どれだけの怨みを残しているのだろうと思って、怖かった。

その恐怖を和仁は、霊の無力さを見下すことで、誤魔化してきた。

『ワタシあなたのことも嫌い』

どふ、と和仁は何かを吐いた。視えない何かを、嘔吐《おうと》感と共に吐き出す度に、自分の身体が削れていく。

『見下してくれちゃってさあ、ワタシたちのこと。ワタシのこと何もできな、い、できないって、思ってるのわかってるの、ワタシが何を言っても何を思っても全部ゴミみたいに無視してくれて、ねぇ、見下すのは楽でしょ、ワタシたちを、死人を虫けらにして気持ちよかった？　ねえ、ねえ、ねえ』

どふ、どふ、どふ。吐き続けている何かは、何だろう。次第に吐くものも無くなってきたのを感じる。腹を掻きまわす嘔吐感だけが暴れまわっている。

見下しているのは、……そう、楽だった。

生首の男も上半身だけの男も、どうせその姿で何ができると、見下していれば楽だった。何もできないくせに、と。何もできないんだから、そう、例えば、傍《かたわ》らの男が本当は何を思っているかなんて想像する必要もない。ただ死者に怨まれているのは、楽だった。他のことを考えない免罪符になるから。

最後に大きく何かを吐き出すと、ぶわ、と一気に視界がぼやけた。やばい――

ぼと。

溺《おぼ》れて酸素を求めるように開いていた唇の隙間に何かが落ちてきた。それは重く熱く舌先に触れて、もったりと粘りながら喉奥へ落ちていき、和仁はそれを、力を振り絞って呑《の》み込んだ。

すべてを失った、空っぽの腹の中に、わずかだけれど血肉が戻った感覚がした。

ぼとぼとと、それは続けて落ちてくる。流れてくるままに和仁は呑み続けた。ぼやけた視界の、ピントがようやく合い始める。

男がいた。和仁の顔を覗き込むような姿勢で、その眼窩《がんか》からあふれるどろどろが、和仁の口元に落ちてくる。飲む度に和仁は、自分の肉体を取り戻していった。

（……おれを、助けようとしている？）

この、土色の男が。

そういえば、前回この女の霊の姿を見た時も、和仁は知らぬ間にルームの外へ出ていた。何が起きたのかさっぱりわからなかったけれど。この男が、何か、今みたいに和仁を、守ってくれたのだろうか。

『本当に怨んでいたら、そんな風に、守るみたいにして立ってない』

花宮の言葉だ。ずっと和仁の傍に、いたのは。もしかして。

――おれは、守られている。

ぴく、と指先に力を込めることができたのと、女の霊がビシリと固まったのが同時だった。

「『本城佳那香《ほんじようかなか》』」

この澱《よど》んだ裏側の中で、涼やかな風に似た声だった。

ようやく床の硬い感触を感じ始めた和仁は、目だけを動かして、歩いてくる花宮の姿を捉《とら》えた。

組んだ両手の、指の絡め方を素早く何度も変えながら、花宮は目を細める。

「怨むのはわかるけど、お前が怨むべき男はこいつじゃない。桜田でもない。二人はうちの大事なスタッフだし、何より――仕事なんだ。おれはお前を、『許さない』」

花宮が指を細やかに動かす。それを見ていると少しずつ、身体が楽になる。ぽと、と、男から零《こぼ》れるものが和仁の目の上に落ちてきて、抗《あらが》わず和仁は目を閉じた。

□

和仁は横断歩道に立っていた。

あちらとこちらの、真ん中だった。歩行者用信号は赤く光っている。横断歩道と信号機以外、真夏の陽ざしに真っ白く灼《や》かれて、何も見えない。

真正面に、あの日の優しい男が立っていた。

あの時は随分《ずいぶん》、大人だと思っていた。体調を崩した中学生を助けてくれた、優しい大人。けれど今和仁の目の前にいるのは、和仁と歳《とし》が変わらない、ただの男子学生だった。

「あのさ」

男は真剣な顔で、和仁に手を差し伸べた。

「図書館に行かない？」

え？

「学校にも行きたくなくて、でも、家にも帰りたくないんだろ？　大学の図書館、学生と一緒なら、しれっと入れるから。そこにいればいいよ。冷房あるし休めると思う」

え、でも。これ以上、迷惑は。

「図書館が嫌だったら、カフェテリアとかあるし。僕は授業あるけど一コマだけだから、終わったら合流できる。あとのことはあとで考えればいいよ」

どうして。どうしてそんなに。

「だってきみ、僕に背中をさすられて、泣いたんだ」

まさか。泣いてないです。

「泣いてた。ベンチに座って、背中を撫でたら、きみの目から涙が、ぼろって」

そんな。……そんな、ことは。

「どれだけつらいんだろうって。だから、僕が」

パキンと、薄氷《はくひょう》が割れるような音がして、男の左腕が変な方向に曲がった。

「僕が、守るんだ。助けてあげるんだ、って」

パキンパキンという、音だけは澄《す》んだまま、男の身体が壊れていく。

「きみが、どこにも行きたくないって、泣いていたから」

男の身体は壊れたけれど、眼球を失うことはなく、和仁をまっすぐに見ながら、男は続けた。

「それになんだか、きみ、いつまでたっても苦しそうだ」

男の言葉はどこまでも優しい。この人は、和仁のためだけに、ずっとこの世に留まっていたのだ。ずっと傍らにあり、時折顔を覗き込んで、和仁だけが心残りだった。

夏の日、一瞬関わっただけの中学生のために。

信号が青に変わった。男は壊れた腕を、和仁を促《うなが》すように持ち上げた。あちらへ行こう、と。

けれど和仁は動かない。それを見て男は首を傾げた。

「来ないの」

「……うん」

「どこか、行き先は見つかったの？」

どこに、行くのだろう。

和仁は迷いながら口を開いて、けれど全く別の言葉が飛び出した。

「ごめんなさい」

ごめんなさい。……そう。ずっと後悔していた。

彼を死なせてしまったこと。でもそれだけじゃない。

「あなたの家族に、あなたの最期《さいご》を伝えられなかった。あなたに助けてもらいましたって、あなたの優しさに、救われましたって、言えなかった」

地方での暴走事故だ。犠牲者の名前も遺族の住所も、少し調べればすぐにわかる。

けれど和仁は何もしなかった。

「おれを助けたせいであなたが死んだと、責められるのが怖かった。お前が代わりに死ねと思われるのが怖かった。怨まれるのが、怖かった。あなたに、助けてもらった、のに。

おれは、逃げた……」

生きている人間に怨まれるのが怖かった。殴られる、詰《なじ》られる、復讐《ふくしゅう》される、殺される？　妄想のような想像が頭を走り抜けて、和仁は何もできなくなった。

「もう死んでしまったあなたなら、おれに何もできないと思って、あなたに怨まれることにした。あなたの家族の感情から逃げることを、そうやって、正当化したんだ。罰されているつもりになって、自分を安全なところに、逃がしたんだ……」


あの人が、死んだあともずっとここにいる。

おれは、あの人の家族にすべてを伝えなければいけない。あの人は優しい人でした。おれを助けてくれました。そのせいであの人は死にました。おれのせいだ。罰を受けて償《つぐな》いをしなくちゃいけない。殴られるかも。罵《ののし》られるかも。怖い。怖い。

……どうしてそうしなくちゃいけないんだ？

だって、ほら、怨まれるべきというなら、おれはもう、あの人に怨まれているじゃないか。

ずっと傍にいるってことは、おれを怨んでるんだろう？　死んでしまったから、何もできないけれど。

おれは怨まれている。じゅうぶん、罰を受けている。

そうやって和仁は、ただ和仁を案じるだけだった彼の最期の感情を、自分の都合のいいように歪めて想像して、自分を守って生きてきたのだ。

「ごめんなさい」

男は困ったように、信号を指さした。ゆっくりとした点滅が始まっている。

「行きたいところは、見つかった？」

和仁は、睫毛《まつげ》に乗った涙を拭《ぬぐ》いながら、ああ、と気付いた。

この優しい人は、和仁がどこかに行くまで、ここから動けないのだ。自分の心を守るために和仁は、十五歳のこの時のままで立ち止まっていて、和仁がどこかに行かなければ、この人もどこにも行けない。あの日和仁を振り返った青信号の中に、閉じ込められたままでいる。

どこかへ行かなくちゃ。……どこへ、行こう？

ふと、歌声が聞こえてきた。

軽やかなリズムに乗ったやわらかな声だった。和仁は何も考えず、歌が聞こえるほうを指さした。

「あっちに行きます」

ゆっくり丁寧に、笑いかける。最期までまっすぐに自分に心を砕いてくれた、彼の心に届くように。

「ここからは、もう、離れます。おれは、あっちに、行きます」

「そっか」

彼は優しく笑った。

「じゃあ、信号が変わる前に」

「はい」

互いに背を向けて歩き出す。和仁は振り返りたくなるのを、何度も何度も堪《こら》えた。

横断歩道を渡り終えると同時に、点滅を終えた信号が赤く灯《とも》る。

その時やっと振り返って、けれど、優しい男の姿はもう、真っ白な景色の中のどこにも無かった。

□

「佐久くん」

自分の名前を呼んだのが花宮であることを、目を開けてしっかりと確認したあとで、和仁は「はい」と返事をした。ついでに、ここが二階にあるルームのひとつで、自分がソファに寝かされていることも把握《はあく》した。

和仁の傍らに膝をついた花宮は和仁の頸《くび》を触り、手首を触り、全身を眺めまわしてから、ようやく息を吐きだした。

「……触って色々確かめてたんだけど、きみの身体の中に、死の陰気に侵食された痕《あと》は無い。あの女の霊から喰《く》らったダメージも残ってない。外傷も、確認した限り無い」

そういえば、と和仁は思い起こした。花宮は色々な場面で、軽く身体に触れてくることが多かった。あの接触は今のように、和仁や桜田の身体を、確かめるためのものだったのかもしれない。侵食とかダメージとか、そういう、表の人間が裏の世界に触れることで、負ってしまうかもしれないものが、和仁たちを害してはいないかと。

この花宮の行動を、可愛げなどと感じたこともあったが、そうではなかった。

和仁は守られていた。

花宮がぴたりと目を合わせ、嚙《か》みしめるように確認してくる。

「無事だね」

「無事です。助けてくれて、ありがとうございました」

上体を起こす。まだ少しふらふらするが、全身のどこにも不快感は無い。

よかった、と、花宮が吐息のような声を絞り出した。それから目を細める。

「向こうで、あの人とは話せた?」

「はい」

「怨んでなんか、いなかっただろ」

「はい。……あんなに優しい霊が、いていいいんですかね」

「いいんじゃないの。人それぞれだ」

「もう少し、優しげな見た目で、傍にいてくれたらよかったのに」

そうしたらこんなに長く、あの人を縛り付けておくこともなかっただろうに。

「佐久くんにどう視えていたかは、知らないけど」

と、花宮は首を傾げた。

「少なくともおれの目には、優しそうだなって見えたよ」

「え?」

「ずっと佐久くんを気にかけていた」

だから思い込みだって言ったんだ、と、花宮はわずかに苦笑する。

「怨まれてるなんて思い込んで、あの人の本当の気持ちを、考えようともしなかったから。

佐久くんの目には、歪んだ姿で映っていたんだろうな」

　和仁が視ていたのは、歪んだ姿。本当はあんな、死をこびりつかせた姿でこの世に留まっていたわけでは、なかったのだろうか。

　そうだったらいいなと、思う。

「安心した？」

「……はい」

「じゃあなんで、泣いてるんだ」

　言われて和仁は、自分の目元をなぞった。

「おれは……これからどこに行くんだろうと、思って。あの人はもう、赤信号の向こうに行ってしまったのに。生かされたおれは、どこに行けるんだろう」

　喪《うしな》われたその人が、優しくていとおしい人間であればあるだけ、身体の底からためらいが噴き上げてくる。彼を喪ってまで進む価値が、自分にあるのかと。

　今まで目を背けていた悼《いた》みの感情が、全身を突き刺してくる。

　花宮は呆《あき》れたような顔で笑った。

「そういうものだろ」

　テーブルに置いてあったティッシュを数枚抜いて、和仁の頬《ほお》に押し付けてくる。

「死んだやつは、おれたちの手が届かないところに行ってしまうんだし。生きてるやつは、死者には辿《たど》り着けないところまで、往《い》くんだ」

今日はもう店閉めたから、落ち着いたら着替えて帰りな。そう言って、花宮が立ち上がる。その後ろ姿に声をかけた。多少声が潤んでしまっているのは、この際無視する。

「助けてくれてありがとうございます。怨むだけ怨めばいいって、思ってるのに」

「ん、何の話？　女の霊のほうか？」

花宮は眉を寄せてこちらを向いた。

「あれをあまやに入れたのは本家のミスだし、あの女が怨んでるのは浮気して自分を捨てた男だ。桜田の行動か、桜田の彼女の感情に引きずられて凶霊に目覚めた挙句、勘違いして桜田と佐久くんを襲うような迷惑野郎だった」

凶霊を形容するには、随分な言いようだ。笑ってしまいそうになると、花宮は軽く和仁を睨《にら》んできた。

「すぐに判別できるような本格的な凶霊ではなかったから、凶霊専門じゃないおれでも対処できた。ああいうのは、迷惑野郎でじゅうぶんだ」

それから、視線をそらしてぽつりと付け加える。

「そんなやつの、怨みを守ってやる義理も無いから、仕事をしただけ」

仕事というのも面白い言葉だと思った。

あれだけ花宮という家を怨んで、心情としては怨みの霊のほうに近いだろうに。花宮はここで霊たちが「成仏《じょうぶつ》」するまで、守っている。霊たちと、それから、和仁たちを。

「枕元で歌を歌ってくれるのも、仕事の内ですか？」

花宮はドアを開け、肩越しに和仁を見て、つめたい瞳で言い放った。

「知らないね」

ぱたん、と、言葉とは裏腹に丁寧にドアが閉まる。

和仁はティッシュで顔を拭いながら、こみあげてきた小さな笑いを嚙み殺した。

あの人と相対した横断歩道で聞こえてきた微《かす》かな、でも軽やかな歌声は、聞き覚えがあった。花宮の車の中で流れていた、優しい歌だ。

歌であふれるカラオケボックスで、霊たちが少しずつ消えていく理由を、ほんの少し実感した。歌に、魂が導かれていく感覚だ。音と言葉と、それを歌う人間の息や力で、自分の余計なものが削《そ》ぎ落とされて、まるい気持ちになっていく。そうして、今すべきことが見えてくる。

死者たちが感じるものとはだいぶ違うのかもしれないが、和仁は自分でもメロディを口ずさみながら、ごく自然にこう思った。

（父さんと母さんに、あいにいこうか）

きっとうまくは話せないけれど。顔を見て、笑いかけたら、彼らもきっと笑い返してくれるだろう——そう思うのは甘いだろうか。

もう心底愛想を尽かされてしまったかもしれない。いや、案外すんなりと、関係を修復できるかもしれない。

やってみなければわからない。怖がっていても始まらない。

生きていくって、きっとそういうことだ。

終章

部活人間になり、バイトを週一回程度にまで減らした桜田《さくらだ》は、週を追うごとにこんがりと日に焼けていっている。

「これを見ると、うちの店にも夏が来たって感じがするね」

とは、雨宮《あまみや》の談だ。

陽《ひ》ざしをたっぷり溜め込んだ体でバイトに来る桜田は、ますます陽《よう》の気質を強く振りまいているようで、脱走した生首さえも自《みずか》ら転がってルームに逃げ帰る有様だった。いくらすごいですねと褒めても、本人に視《み》えないのが惜しまれる。

桜田の彼女──菅原《すがわら》はあれから一度、女友達と共にあまやに遊びに来た。

「あの日、自分の中の嫌な部分がすごく強くなったのがわかったの。すごく嫌な態度をとってしまったんじゃないかって、謝りたくて。ごめんなさい」

菅原は、隙《すき》を見て和仁《かずひと》と二人になってから、こう耳打ちした。

「本当に嫌で苦しくて、でもふっと落ち着いた時、ああこんな彼女じゃ、そりゃ一誠《いっせい》も疲れるし、気楽な友達と付き合いたくもなるよね、って」

「はあ」

「一誠も部活シーズンだし、こう、ちょうどいい感じを探ってみようと思ってる」

ぐっと菅原が拳《こぶし》を握る。

なぜその宣言をおれに、とは思ったが、和仁はニッコリと笑顔を作った。

「大丈夫ですよ。桜田さん、ちゃんと菅原さんのこと、好きですよ」

「そうかな」

「はい」

和仁は自信満々に返事をした。

が、厨房《ちゅうぼう》で桜田と雨宮の、自然な距離の近さを見ると、少し不安になる。一週間ぶりに会う桜田と話す雨宮は楽しそうだし、雨宮のことを、会わなかった期間の分もまとめて気遣うような桜田の行動。

（本当のところは、どうなんだろう）

桜田も雨宮も。けれどそれは本人にしかわからないし、見抜くのは、今まで人との付き合いを止《や》めていた和仁には無理な芸当だ。

ずっと十五のままだという花宮《はなみや》の言葉はその通りだった。けれど立ち止まっていることに、気付いたからには歩き出す。

和仁はこれから、色々なものを始めていく。

ある平日の夜、レジ点検中に落とした小銭を桜田と必死で探していた時、花宮に呼ばれた。

「佐久《さく》くん、ちょっと」

事務所に入り椅子《いす》を勧められる。長い話か、と思って腰かけると、花宮が口を開いた。

「きみの目のことだけど」

「目？」

「つまり――霊が視える、その力のことだね」

花宮は自分の目元に指を置いた。つられて、和仁も同じポーズをとる。

「おれや清佳《せいか》は血筋だけど、どれだけ遡《さかのぼ》っても佐久くんの家に術者の先祖が見つからないから、佐久くんは先天的な能力者ってわけではないと思うんだよね。視えるようになったのは、彼とのことが原因でしょ」

突然変異のパターンもあるけどそれはそれとして、と花宮は続ける。

「十五歳の時の一瞬、死者と波長がピッタリ合っちゃったから、その名残で視え続けてるんだと思う。その死者も、もうきみから離れたわけだから、これからきみの感覚はゆっくり、普通の人と同じ波長にチューニングされていく」

視えていた期間ははしかみたいなもので、多分数年で、さっぱり視えなくなると思うよ。花宮はそう言った。

和仁は少し戸惑った。町中《まちなか》で視える影やもや、あまやで視ている霊たち。当たり前のもののように思っていたけれど、そうか——本来視えなかったのだから、視えなくなる日がくるのか。

「今そのチューニングを遅らせてるのが、あまやの環境だと思うんだけど」

花宮はつい、と視線をそらした。

「もし、佐久くんが一刻も早く視えなくなりたいんだったら、バイトは辞めたほうがいいと思う」

「え、辞めませんよ」

和仁は自分でも驚くほどあっさりと、そう言った。

「視えるうちは……というか、視えなくなっても、大学卒業するまでは、ここにいたいです」

そう言い切ってから、なんとなく無性に照れてきた。和仁は少し顔を背けて、早口で付け足す。

「いや、給料めちゃくちゃいいですし。あ、でも視えなくなったら手当無くなりますかね、ちょっとおまけとかしてくれませんか」

和仁の答えを聞きながら、花宮はにやぁ、と笑っていた。

「言ったね」

「え」

「卒業まで辞めないって言ったね。ああよかった。一応言わないのはアンフェアかと思ったから教えたけど、言ったでしょ、適性ある子は喉《のど》から手が出るほど、面接なんてやらずに採用決めるくらい、ほしいってこと。逃がす気はなかったけど、佐久くんが自分の意志で残ってくれるなら安心だ。これからよろしく。じゃあ戻っていいよ、絶対小銭探し出してね」

ぽん、と事務所から追い出される。流れる有線放送の音楽、レジ前で這《は》いつくばっている桜田、花宮のニヤリ顔、色々なものがおかしくて、和仁は声を上げて笑ってしまった。

「どうした佐久くん、ご機嫌じゃん」

桜田が両手を床についたまま見上げてくる。引き出しやゴミ箱もひっくり返して見たのだが、見つからないのだ。

「いや、ここまで見つからないと、逆に面白くなってきません？」

和仁はそう言って誤魔化し、再び小銭探しに参入した。

その小銭は結局、桜田の制服のズボンとベルトの隙間から出てきたのだった。

□

今野《こんの》たちと駅で解散し、和仁はバイトへ向かう。散々遊んだから、眠くなりそうだ。

東改札から西改札へ繋《つな》がる、コインロッカーが立ち並ぶ通路で、和仁は見覚えのある後ろ姿を見つけた。

(雨宮さん?)

ひどく緩慢《かんまん》な足取りで、雨宮は人々に追い越され続けている。体調が悪いのか、嫌なものを視てしまったのか。怖がっているのか、あるいは。

コンビニで独り丸めていた背中を思い出す。自分が嫌で、どうしようもなくて、その苦しみを呑《の》んで、雨宮は俯《うつむ》いていた。

もしかしたら、今も?

和仁はためらい、けれどすぐにそれを振り切り、一歩踏み出した。

——行きたいところは、見つかった？


優しい人の、優しい問いがまだ耳に残っている。

行きたいところを見つけるために、立ち止まることはやめたのだ。

赤になった信号機、その向こうへ行ってしまった彼の分も——なんて思うのは、生者の傲慢《ごうまん》かもしれないけれど。死者を見下して心を守るより、死者を想う傲慢のほうがよほどいいはずだ。

例えば手始めに、恐れず怖がらず、誰かのつらさに手を差し伸べたり、とか。

そんな風に考えられる自分のことを、和仁は、前よりずっと好きになれると、そう思った。

※この作品はフィクションです。実在の人物・団体・事件などにはいっさい関係ありません。

集英社オレンジ文庫をお買い上げいただき、ありがとうございます。
ご意見・ご感想をお待ちしております。

● あて先
〒101-8050　東京都千代田区一ツ橋2-5-10
集英社オレンジ文庫編集部 気付
乃村波緒先生

きみが逝くのをここで待ってる
～札駅西口、カラオケあまや～

集英社
オレンジ文庫

2019年9月25日　第1刷発行

著　者　乃村波緒
発行者　北畠輝幸
発行所　株式会社集英社
〒101-8050東京都千代田区一ツ橋2-5-10
電話【編集部】03-3230-6352
【読者係】03-3230-6080
【販売部】03-3230-6393（書店専用）
印刷所　株式会社美松堂／中央精版印刷株式会社

※定価はカバーに表示してあります

ISBN 978-4-08-680275-8 C0193